Lettres

ÉTONNANTS • CLASSIQUES

MADAME DE SÉVIGNÉ

Lettres

Présentation, notes, choix des lettres et dossier par
HÉLÈNE BERNARD,
professeur de lettres

GF Flammarion

**Le Grand Siècle
dans la même collection**

Baroque et Classicisme (anthologie)
CORNEILLE, *Le Cid*
MME DE LAFAYETTE, *La Princesse de Clèves*
LA BRUYÈRE, *Caractères*
LA FONTAINE, *Le Corbeau et le Renard et autres fables*
MOLIÈRE, *L'Avare*
Le Bourgeois gentilhomme
L'École des femmes
Les Femmes savantes
Les Fourberies de Scapin
George Dandin
Le Malade imaginaire
Le Médecin malgré lui
Les Précieuses ridicules

Édition revue, 2007.
ISBN : 978-2-0807-2290-4
ISSN : 1269-8822

SOMMAIRE

II. LA CORRESPONDANCE DE LA MARQUISE À SA FILLE OU LE ROMAN DE L'AMOUR MATERNEL

III. MME DE SÉVIGNÉ : ÉCRIVAIN DU MOI

■ *Mme de Sévigné* (v. 1665) par Claude Lefèvre (1632-1675).

PRÉSENTATION

L'œuvre de Mme de Sévigné relève du paradoxe : instituée en modèle de littérature par la postérité – de Voltaire à Proust –, elle n'a toutefois pas été conçue à l'origine comme une œuvre et son auteur ne fut pas considéré comme un écrivain en son siècle. En effet, contrairement aux lettres précieuses de ses contemporains Voiture[1] ou Guez de Balzac[2], d'emblée destinées à constituer un genre littéraire à part entière, la correspondance de la marquise présente un caractère essentiellement intime et privé.

Mme de Sévigné, marquise et mère avant d'être écrivain

Petite-fille de Jeanne-Françoise Frémyot, fondatrice de l'ordre de la Visitation[3] avec saint François de Sales, fille de Celse-Bénigne de Rabutin-Chantal et de Marie de Coulanges, celle qui allait devenir marquise de Sévigné naît le 5 février 1626 à Paris. Par son père, elle appartient à la noblesse d'épée. Sa mère, elle, est issue d'une

1. Voir dossier, p. 137.
2. Guez de Balzac (v. 1595-v. 1654) est l'auteur de *Lettres* publiées de 1624 à 1654, qui connurent un grand succès dans toute l'Europe. Les lecteurs y trouvaient des jugements sûrs et découvraient une écriture nouvelle où la piété fervente se conjuguait à une sensibilité aiguë à la nature.
3. *Ordre de la Visitation* : ordre de religieuses contemplatives, d'abord appelé ordre de la Visitation Sainte-Marie, fondé à Annecy en 1610.

famille roturière qui s'est enrichie dans la gabelle [1]. L'enfant est orpheline très tôt : elle n'a pas deux ans lorsque son père trouve la mort à l'île de Ré, dans la guerre qui oppose les troupes françaises aux soldats anglais [2] ; elle en a sept à la mort de sa mère. Elle est confiée à son oncle, Philippe de Coulanges, marié à Marie Lefèvre d'Ormesson. Sa jeunesse se passe entre la place Royale à Paris, la maison de campagne des Coulanges à Sucy-en-Brie (dans la périphérie est de Paris) et Livry (dans la périphérie nord) dont le frère de son tuteur, Christophe de Coulanges *, a obtenu l'abbaye. Elle ne fréquente pas le collège, alors réservé aux seuls garçons, mais reçoit l'enseignement de précepteurs particuliers : l'apprentissage des langues – l'italien et quelques rudiments de latin – est préféré à celui de l'austère rhétorique.

Beau parti, elle est mariée à dix-huit ans à un parent du futur cardinal de Retz [3], le marquis de Sévigné, propriétaire de terres en Bretagne, notamment du domaine des Rochers. De cette union naissent deux enfants, Françoise-Marguerite, en 1646, suivie deux ans plus tard de Charles. Homme léger et bretteur [4], Henri de Sévigné délaisse sa femme pour quelques courtisanes, mène grand train et meurt en 1651 dans un duel motivé par une rivalité amoureuse. Mme de Sévigné se retire pendant un an aux Rochers pour y vivre son deuil. De retour à Paris, elle fréquente assidûment

---

* Les astérisques renvoient à l'index des noms de personnes cités dans les lettres, p. 123.

1. *Gabelle* : impôt sur le sel collecté sous l'Ancien Régime par les fermiers généraux, rétribués pour cette tâche au pourcentage. Certains d'entre eux ont ainsi acquis d'importantes fortunes.

2. La Rochelle était devenue depuis le XVIe siècle un foyer actif du protestantisme. Richelieu, en 1627, décida d'assiéger la ville qui avait pactisé avec l'Angleterre, pays protestant et ennemi juré de Louis XIII. Les Anglais, soutenant la ville rebelle, débarquèrent sur l'île de Ré et combattirent contre les troupes du Roi.

3. Voir ci-après, note 2, p. 9.

4. *Bretteur* : qui aime se battre à l'épée et n'hésite pas à provoquer ses adversaires en duel.

l'hôtel de Rambouillet, promu cénacle littéraire, où elle retrouve, entre autres, Ménage et Chapelain [1]. Sa beauté, son esprit et son habileté verbale font d'elle une femme très courtisée (parmi ses prétendants, on compte notamment le surintendant Foucquet *). Cependant, la marquise repousse les avances de ses soupirants. La disgrâce royale, dans laquelle tombent successivement ses proches – le cardinal de Retz [2], son cousin Bussy-Rabutin * et Foucquet * [3] –, au long de la décennie 1660, l'écarte quelque peu de la cour. Elle trouve réconfort et amitié auprès de Mme de Lafayette *, de M. de La Rochefoucauld * et de Pomponne *, devenus ensuite des destinataires occasionnels ou réguliers des lettres.

L'année 1669 est marquée pour Mme de Sévigné par le mariage de sa fille, auquel elle travaillait déjà depuis quelques années : Françoise-Marguerite épouse le comte de Grignan, lieutenant général en Languedoc puis en Provence. Dans le même temps, elle établit son fils en lui achetant la charge de guidon des gendarmes-Dauphin [4]. Elle réussit à ajourner le départ de Mme de Grignan pendant deux ans ; mais le 4 février 1671, à peine remise de ses premières couches, celle-ci rejoint son mari en Provence. Cette séparation met la marquise au désespoir et,

---

1. *Ménage* : auteur mondain (1613-1692) qui a laissé de nombreux vers d'inspiration galante ; Chapelain : poète et critique (1595-1674) qui prit part à l'élaboration de la doctrine classique.
2. Paul de Gondi (1613-1679), qui devint cardinal de Retz, était un ecclésiastique sans réelle vocation qui, lors de la Fronde – troubles mettant en cause le pouvoir royal et qui agitèrent la France pendant la minorité de Louis XIV et le gouvernement de Mazarin –, manifesta son ambition politique comme chef de parti à Paris. Cette opposition entraîna, après la Fronde, sa fuite et sa disgrâce. Louis XIV lui accorda finalement un pardon réticent.
3. La disgrâce de Bussy-Rabutin tient à sa participation à la Fronde et à la publication de son ouvrage *Histoire amoureuse des Gaules* (1665), roman à clef qui dévoilait les vices de la cour et les intrigues galantes du Roi ; pour celle de Foucquet, voir lettre 1, p. 30.
4. *Guidon des gendarmes-Dauphin* : fonction de celui qui commandait une compagnie de gendarmerie, alors corps d'élite attaché à la maison royale.

ni la retraite à Livry lors de la Semaine sainte (voir lettre 13), ni la lecture du janséniste[1] Nicole* (voir lettre 14) ne parviennent à la détourner du chagrin d'avoir perdu sa fille. À cette douleur s'ajoutent les inquiétudes de savoir son fils engagé aux côtés du Roi dans la guerre de Hollande (voir lettre 2). De juillet 1672 à octobre 1673, elle fait un séjour au château de Grignan, dont elle espère revenir accompagnée de sa fille, mais celle-ci préfère rester aux côtés de son mari et de ses enfants, Marie-Blanche* et le dernier-né, Louis-Provence*. Toutefois, en février 1674, la comtesse vient à Paris pour les affaires du couple et met au monde une fille, Pauline*, future marquise de Simiane[2]. Elle reste chez sa mère jusqu'en mai 1675. En septembre de la même année, Mme de Sévigné doit gagner la Bretagne pour régler des questions matérielles ; son fils l'y rejoint ; un « cruel rhumatisme » la contraint de demeurer aux Rochers jusqu'en mars 1676. Une brève cure à Vichy lui rend la santé, mais c'est la venue de Mme de Grignan à Paris en décembre 1676 qui constitue le véritable remède. Cependant la discorde est latente entre mère et fille et l'entourage des deux femmes, inquiet de les voir se faire « mourir toutes deux », décide de les séparer. Elles se retrouvent en novembre 1677 et demeurent ensemble jusqu'en 1679, presque sans interruption (Mme de Grignan n'est retournée que quelques mois en Provence au cours de l'année 1679).

En 1680, la marquise s'éloigne définitivement de la cour. La disparition, à la même date, de ceux qui ont participé à la Fronde – Retz et La Rochefoucauld* – et de son ami Foucquet* marque également la fin d'une époque et un tournant dans sa vie : elle se retire quelque temps dans sa demeure bretonne puis

1. *Janséniste* : partisan du jansénisme, doctrine religieuse issue de la pensée de Jansénius (1585-1638) et inspirée de saint Augustin (354-430) selon laquelle l'homme est incapable de mériter son salut et dépend de la toute-puissance de la grâce divine.
2. Voir ci-après, p. 17.

séjourne à Bourbon-Lancy, station thermale de Saône-et-Loire. C'est à cette époque qu'elle se tourne résolument vers l'augustinisme[1]. Cependant, ses élans vers Dieu sont freinés par l'amour maternel tout-puissant qu'elle porte à sa fille. C'est malgré tout l'esprit apaisé et confiant qu'elle accueille cette dernière en octobre, lorsqu'elle vient à Paris pour les besoins d'un procès ; Mme de Grignan ne repart en Provence que huit ans plus tard. Après un dernier séjour breton, Mme de Sévigné gagne le château de Grignan en octobre 1690. Elle revient à Paris, accompagnée de sa fille et de son gendre, et y reste trois ans, avant de rejoindre Grignan, qu'elle ne quitte plus jusqu'à sa mort, le 17 avril 1696.

Des lettres à l'œuvre

Le second acte de naissance de Mme de Sévigné pourrait se situer le 6 février 1671, quand elle entre, malgré elle, en littérature comme on entre en religion. Il ne s'agit pas de l'acte conscient d'un écrivain sûr de ses moyens et de ses effets mais d'une nécessité imposée par les circonstances – l'éloignement de sa fille – et dictée par l'amour maternel. Le départ de Mme de Grignan pour la Provence a été vécu, par la marquise surtout, comme un arrachement. S'inscrivant en faux contre la norme de l'époque qui voulait qu'on préférât l'héritier mâle, Mme de Sévigné vouait à sa fille une véritable passion que les contemporains concevaient volontiers comme « irrégulière », c'est-à-dire hors norme. Dans la quatrième édition des *Poemata* (1663), Ménage s'en est fait l'écho ; mais il a surtout retenu la rivalité des deux femmes et, dans la

1. *Augustinisme* : courant de pensée chrétien qui se réclame de saint Augustin, adoptant sa théorie sur la grâce (voir ci-dessus, note 1, p. 10).

description qu'il en a livrée, la comparaison tournait à l'avantage de la marquise. Dans sa jeunesse, Françoise-Marguerite avait en effet pris ombrage des qualités qu'on s'accordait à reconnaître à sa mère et qu'elle n'avait pas. Ainsi à la nonchalance de celle-ci opposait-on la vivacité naturelle de celle-là, au caractère taciturne de l'une la conversation brillante de l'autre, à la timidité l'extraversion. Les premiers mois de la correspondance font d'ailleurs état des brouilles passées et rappellent le désarroi de Mme de Sévigné devant ce qu'elle considérait être de l'hostilité de la part de la comtesse à son égard (voir lettre 9).

Des mille cent cinquante-cinq lettres écrites par la marquise et qui ont subsisté, la très grande majorité est adressée à Mme de Grignan. Ce nombre paraît d'autant plus important que, de 1646 à 1671, soit pendant vingt-cinq ans, elle n'a écrit que cent trente lettres à des destinataires aussi divers que Bussy-Rabutin*, Pomponne*, Ménage, Chapelain, Mme de Lafayette* ou encore Coulanges* ; que sur les vingt-cinq années écoulées entre 1671 et 1696, mère et fille ne sont réellement demeurées séparées que six ans ; enfin, que l'organisation des courriers ne permettait que deux envois par semaine. Cette régularité de l'échange épistolaire entre mère et fille atteste que la comtesse était sortie de sa réserve à l'égard de la marquise. En effet, le commerce épistolaire a levé l'inhibition de la première et métamorphosé la relation vécue : loin de sa mère, Mme de Grignan a appris à exprimer les sentiments qu'elle cachait autrefois sous une froideur apparente ; à l'inverse, Mme de Sévigné s'est habituée à « glisser sur bien des pensées » qui auraient dissuadé sa correspondante de répondre. Par ailleurs, les retrouvailles entre les deux femmes n'ont pas exclu la poursuite du dialogue épistolaire. En 1678, à propos du départ prochain de sa fille, la marquise lui écrit : « Voilà ce que je pense sans cesse et ce que je n'ose jamais vous dire. Je crains vos éclats. Je ne les puis soutenir ; je suis muette et saisie. »

L'entente n'était donc pas donnée d'emblée : elle s'est établie sur la longueur, à travers une sorte de conversation par écrit, bihebdomadaire en règle générale et fonction des servitudes de l'organisation postale.

À côté des lettres de « traverse », que l'on confiait à un voyageur et dont la vitesse d'acheminement dépendait du temps mis par ce dernier pour se rendre d'un endroit à l'autre, des courriers privés [1] que l'on payait fort chers, ou officiels [2], dont il n'est rien subsisté, la poste apparaissait au temps de la marquise comme le plus sûr moyen d'atteindre Mme de Grignan ; cela d'autant plus que, en décembre 1668, Louvois avait été nommé surintendant des Postes et qu'il avait organisé la poste en monopole d'État. Précédant de quelques années l'installation de la comtesse en Provence, cette réorganisation garantissait l'arrivée et le départ des lettres à des jours fixes. En 1671, les départs du courrier de Paris pour la Provence se faisaient le mercredi et le vendredi ; en 1672, la guerre de Hollande et l'organisation de la poste en fonction des besoins des armées avaient imposé le lundi et le vendredi ; en 1675, le mercredi se substituait à nouveau au lundi ; à partir de 1683, on pouvait faire trois envois par semaine, le lundi, le mercredi et le vendredi. Dans le sens de la Provence à Paris, le courrier arrivait le dimanche et le vendredi et le rythme d'envoi était similaire. Aux Rochers, Mme de Sévigné pouvait continuer à effectuer deux envois hebdomadaires puisque les lettres en direction de Paris quittaient Vitré [3] le mercredi et le dimanche. En dehors des jours d'ordinaire, l'épistolière pouvait aussi prendre la plume et écrire « de provision », c'est-à-dire par avance.

1. *Courriers privés* : lettres acheminées par des services privés, rendus illégaux après l'institution de la poste en monopole d'État par Louvois.
2. *Courriers officiels* : lettres qu'envoyaient les assemblées de communauté des provinces à l'issue de leur délibération pour annoncer au Roi notamment l'acceptation des impôts. On pouvait profiter de ces envois pour y adjoindre des courriers privés.
3. Relais de la poste proche des Rochers.

L'écriture quasi journalière de la marquise a donné des lettres en forme de relations. Ces narrations développées et détaillées d'événements permettaient aux correspondants retenus en province, comme Mme de Grignan en Provence, de savoir des nouvelles de la cour. Aux dires de ses amis, l'aisance verbale de Mme de Sévigné se prolongeait en dons d'écriture ; dans son roman *Clélie* (1654-1660), Mlle de Scudéry* fait l'éloge des talents de l'épistolière déguisée sous les traits de Clarinte : « J'oubliais à vous dire qu'elle écrit comme elle parle, c'est-à-dire le plus agréablement et le plus galamment qu'il est possible. » Rédigées presque quotidiennement et adressées à la comtesse, les lettres pouvaient aussi tenir lieu de journal intime. Les protestations de tendresse y voisinaient avec les états d'âme d'une conscience déchirée. De ce point de vue, à partir de 1680, la correspondance change de ton : les confidences et les preuves d'amitié prennent significativement le pas sur les récits plus anecdotiques. La distance prise par rapport au tourbillon mondain implique un retour sur soi ; le nouvel équilibre trouvé par la mère et la fille autorise un regain de la sollicitude maternelle et favorise les épanchements.

C'est dire que l'on ne peut réduire la correspondance à une simple gazette, pas plus d'ailleurs qu'à une œuvre de littérature consciente. Les événements intéressent Mme de Sévigné parce qu'ils lui fournissent la matière d'un récit susceptible de plaire à sa fille et parce qu'ils la ramènent insensiblement à elle. Au fondement des lettres adressées à la comtesse, se trouve d'abord le sentiment. La vérité du cœur y prime sur la recherche formelle et le contenu intellectuel. Détachée des conventions littéraires, la lettre, chez Mme de Sévigné, rend compte du désordre convulsif de l'existence ; elle prolonge et approfondit à distance les rapports que les interlocutrices tissent lorsqu'elles sont réunies. La marquise ne s'astreint pas aux codes épistolaires édictés par les manuels du temps[1]; si elle fait sienne la règle de plaire, c'est qu'elle escompte en retour une réponse de sa fille.

L'idée de création littéraire était donc bien étrangère à l'épistolière. Mais son art involontaire du récit, les trouvailles de son style négligé et la singularité de sa passion, entre autres choses, ont trouvé à s'accorder avec la sensibilité des siècles suivants, faisant qu'*a posteriori* on a institué la correspondance en chef-d'œuvre.

Lettres privées, lettres publiques et édition de la correspondance

La correspondance de Mme de Sévigné n'aurait sans doute pas connu une telle fortune littéraire sans l'entreprise éditoriale qui fut menée dès le XVIe siècle pour doter la France de recueils épistolaires. Un genre littéraire était né, qui tirait son prestige de la tradition épistolaire latine – de Cicéron à Sénèque – et des exemples italien et espagnol. Pourtant, les lettres de la marquise ont peu de rapport avec celles de Voiture et de Guez de Balzac, héritiers et grands illustrateurs du genre au XVIIe siècle. Le premier, roturier de son état, y a vu un moyen de conquérir sa place dans un milieu aristocratique; pour le second, la lettre trouve sa fin en soi et se distingue par ses qualités formelles. Seules les

1. Au XVIIe siècle, contrairement aux hommes, les femmes n'apprenaient pas à écrire selon les règles prescrites par la rhétorique. Pour cette raison, La Bruyère indique dans ses *Caractères* (1688) que l'enchaînement de leurs discours, suivant le bon sens et s'attachant à traduire la vérité des sentiments, est naturel.

lettres de politesse écrites par l'épistolière quand elle se conforme aux usages de la sociabilité en cours à l'époque classique, et celles galantes adressées à Bussy-Rabutin *, peuvent la rapprocher de Voiture, bien que la marquise ne se soumette pas au plan conventionnel indiqué par les secrétaires [1] : elle suit davantage l'ordre naturel des mouvements de sa pensée.

Les lettres adressées à Mme de Grignan ont certes pu être préparées par ces exercices de style dans le ton des salons que sont les courriers de bienséance ou de badinage ; toutefois, même dans ces courriers, l'évocation concrète l'emporte sur l'expression abstraite des rapports sociaux. En outre, dans la relation épistolaire avec sa fille, la mère est à la recherche constante de la transparence, ce qui l'éloigne toujours plus des codes mondains et des masques dont on devait se parer pour tenir un rôle dans la comédie humaine. Garant de la sincérité des propos tenus, le style « négligé » a empêché que Mme de Sévigné soit considérée comme un auteur en son siècle. La correspondance est restée inséparable des circonstances de sa production : son horizon se confondait avec la personne de Mme de Grignan ; elle ne pouvait gagner, du vivant de l'épistolière, une manière d'autonomie susceptible de conduire à sa publication. C'est la succession des années et peut-être aussi la disparition des lettres de Mme de Grignan à sa mère qui lui ont finalement permis de s'élever au-dessus de la contingence dont elle est née.

Lire les lettres de sa fille était, de l'aveu même de Mme de Sévigné en 1671, aussi important qu'écrire les siennes. Or, nous ne disposons plus que de celles de la mère. Leur première publication remonte aux *Mémoires* de Bussy-Rabutin *, parus en 1696. En effet, le cousin de la marquise en avait inséré quelques-unes dans son livre, qui servaient de faire-valoir à ses propres écrits. En 1725, le fils aîné de celui-ci publia un volume plus étoffé des

1. *Secrétaires* : manuels contenant des modèles de lettres.

lettres, comme autant de témoignages de la vie à la cour sous le règne de Louis XIV. L'année suivante, cette édition s'enrichit d'un nouveau volume. Pour mettre fin à ces publications qu'elle jugeait sauvages, Pauline de Simiane, petite-fille de Mme de Sévigné, chargea Denis-Marius Perrin en 1734 de donner une nouvelle édition de la correspondance. Soucieux de la correction du style et du respect des bienséances – selon l'ordre de Mme de Simiane –, celui-ci remania les quatre cent deux lettres qu'il livra progressivement au public entre 1734 et 1737. En dépit des corrections et autres biffures, quelques lecteurs élevèrent des protestations contre certains passages qui mettaient notamment en cause leurs aïeux. Pauline de Simiane voulut alors couper court aux récriminations des plaignants : elle fit brûler les lettres de sa propre mère, Mme de Grignan ; la mort l'empêcha d'en faire autant avec celles de sa grand-mère, dont, à défaut des originaux, on a conservé une copie réalisée par Perrin.

Près d'un siècle plus tard, en 1818, Monmerqué travailla pour son édition sur celles de 1725-1726, les compara à celles, plus récentes, de l'éditeur Perrin et établit un texte davantage fidèle à l'esprit et à la plume de Mme de Sévigné. Puis il exhuma une nouvelle copie de la correspondance, gardée au château de Grosbois, en Bourgogne, et s'y fia pour sa grande édition de 1862.

Enfin, Charles Capmas découvrit en 1873 un gros *in-folio* contenant la copie de nombreuses lettres adressées à Mme de Grignan (source plus complète et correcte que ne l'était le manuscrit précédent). Il a été intégralement reproduit en 1953 dans l'édition de Gérard-Gailly pour la collection « La Bibliothèque de la Pléiade ». Roger Duchêne a amendé celle-ci au début des années 1970 : au terme « lettres » qui figurait dans le titre, il a substitué celui de « correspondance », faisant entendre en face des lettres de la marquise la voix de ses correspondants quand cela était possible ; il a également réduit le nombre des lettres par la fusion de celles rédigées dans un laps de temps inférieur à vingt-quatre heures. De cette manière, la notion de dialogue, centrale dans le genre épistolaire, est rendue plus évidente, et la pratique de la lettre par Mme de Sévigné plus sensible.

Ainsi, les lettres de la marquise à Mme de Grignan, qui n'avaient d'autres lecteurs que celle-ci, montrent-elles la genèse d'un écrivain qui s'ignore. L'absence de la comtesse a fait d'une femme sans ambition littéraire un auteur par la volonté de combler son manque affectif et de consoler sa douleur. Ce qui fonde le caractère essentiellement privé des lettres est donc aussi ce qui explique paradoxalement qu'on les lise comme une œuvre d'art. Parce qu'elles sont une recomposition de la réalité à travers le prisme de l'amour maternel, elles deviennent littérature.

CHRONOLOGIE

1626 1696

■ Repères historiques et culturels

■ Vie de l'auteur

Repères historiques et culturels

1624	Guez de Balzac, premières *Lettres*.
1627	Naissance de Bossuet.
1636	Descartes, *Discours de la méthode*. Corneille, *Le Cid*.
1638	Naissance de Louis XIV.
1639	Naissance de Racine.
1640	Publication posthume de *L'Augustinus* par Jansénius, père du jansénisme.
1643	Mort de Louis XIII. Louis XIV n'a que cinq ans. Sa mère, Anne d'Autriche, assure la Régence avec l'aide de Mazarin.
1648	Début de la Fronde (révolte contre le pouvoir royal menée successivement par les parlements et par les princes).
1650	Voiture, *Œuvres*.
1652	Fin de la Fronde.
1653	Foucquet nommé surintendant des Finances. Condamnation du jansénisme par l'Église.
1654-1660	Mlle de Scudéry, *Clélie* (dix volumes).

Vie de l'auteur

1626 Naissance de Marie de Rabutin-Chantal à Paris, place Royale.

1627 Mort de son père, au siège de l'île de Ré.

1633 Mort de sa mère.

1637 Son oncle et sa tante, Philippe et Marie de Coulanges, deviennent ses tuteurs.

1644 Mariage avec le marquis de Sévigné.

1646 Naissance à Paris de Françoise-Marguerite de Sévigné.

1648 Naissance aux Rochers de Charles de Sévigné.

1651 Mort du marquis, tué en duel.

1652 Séjour d'un an aux Rochers. De retour à Paris, Mme de Sévigné fréquente l'hôtel de Rambouillet ; elle est très courtisée.

Repères historiques et culturels

1661	Mort de Mazarin. Début du règne personnel de Louis XIV. Début de la construction du château de Versailles. En août, fêtes données par Foucquet dans son château de Vaux. Arrestation du ministre le 5 septembre.
1664	Disgrâce de Foucquet après un procès long de trois ans : il est enfermé au fort de Pignerol.
1665	Colbert nommé contrôleur général des Finances. La Rochefoucauld, *Maximes*. Bussy-Rabutin, *Histoire amoureuse des Gaules*.
1668	Louvois nommé surintendant des Postes. La Fontaine, *Fables* (parution des six premiers livres).
1669	Guilleragues, *Lettres portugaises*.
1670	Pascal, *Pensées* (version de Port-Royal préparée par Nicole).
1672	Début de la guerre de Hollande. Passage du Rhin par les troupes françaises le 12 juin (voir lettre 2). Racine, *Bajazet* (voir lettre 19). Triomphe du *Tartuffe* de Molière.
1673	Mort de Molière.

Vie de l'auteur

1664 Lettres à Pomponne sur le procès de Foucquet (voir lettre 1).
Mlle de Sévigné danse un ballet devant la cour. Elle semble avoir été un temps l'objet de l'attention du Roi.

1668 Mme de Sévigné et sa fille à la table du Roi à Versailles.

1669 Mariage de Mlle de Sévigné avec le comte de Grignan.
Mme de Sévigné achète pour son fils la charge de guidon des gendarmes-Dauphin.
M. de Grignan, nommé lieutenant général du Roi en Provence, quitte Paris.

1670 Naissance à Paris de Marie-Blanche, fille de Mme de Grignan. À cinq ans, elle entre au couvent et y reste toute sa vie.

1671 En février, départ de Mme de Grignan pour la Provence (voir lettres 10 et 21).
En novembre, naissance de Louis-Provence de Grignan.

1672 Visite de Mme de Sévigné à sa fille en Provence.

1673 Retour de Mme de Sévigné à Paris, le 5 octobre (voir lettre 20).

Repères historiques et culturels

1678	Mme de Lafayette, *La Princesse de Clèves*.
1680	Mort de La Rochefoucauld. Mort de Foucquet. Robert Arnaud d'Andilly, *Lettres*.
1684	Mort de Corneille.
1685	Révocation de l'édit de Nantes par Louis XIV.
1687	Début de la querelle des Anciens et des Modernes.
1689	Mort de Mme de Lafayette. Mort de Bussy-Rabutin. Racine, *Esther* (voir lettre 6). Richelet, *Les Plus Belles Lettres des meilleurs auteurs français*.
1696	Bussy-Rabutin, *Mémoires* (publication posthume).

Vie de l'auteur

1674	Venue de Mme de Grignan à Paris. Naissance de sa deuxième fille, Pauline.
1675	En mai, retour de Mme de Grignan en Provence. De novembre à mars de l'année suivante, séjour de Mme de Sévigné en Bretagne.
1676-1679	En décembre, venue de Mme de Grignan à Paris. La marquise et sa fille sont ensemble jusqu'en 1679, presque sans interruption (Mme de Grignan n'est retournée que quelques mois en Provence). En 1679, retour de la comtesse à Grignan.
1680	En octobre, venue de Mme de Grignan à Paris.
1684	Les affaires de Mme de Sévigné l'appellent aux Rochers, où elle demeure un an.
1687	Mme de Sévigné se rend à Bourbon-Lancy pour une cure et laisse sa fille à Paris.
1688	Retour de Mme de Grignan en Provence.
1690	Après un séjour aux Rochers, Mme de Sévigné rejoint sa fille en Provence.
1691	Retour à Paris de Mme de Sévigné accompagnée de sa fille et de son gendre.
1694	Départ en mars de Mme de Grignan pour la Provence ; sa mère l'y rejoint en mai.
1696	Mort de Mme de Sévigné à Grignan.

Note de l'éditeur

Le texte de la présente édition est établi d'après celle de Monmerqué pour la collection « Grands Écrivains de la France », corrigée à la suite de la consultation du manuscrit Capmas. La lettre 23, p. 117, est empruntée à l'édition de Roger Duchêne. Les quelques coupes effectuées dans les lettres sont signalées par des crochets.

Lettres

I. Les lettres comme mémoire d'une époque

La correspondance de Mme de Sévigné, qui recouvre cinquante années du siècle classique, s'est offerte, dès le XVIIIe siècle, comme une fresque historique de son époque. Ainsi, les lettres ont ceci de commun avec le genre des mémoires qu'elles présentent un caractère de témoignage : elles rapportent et commentent des événements publics. Cependant, si le mémorialiste retrace et ordonne les faits pour ses contemporains et la postérité, l'épistolière les relate au jour le jour sous une forme immédiate, les sélectionne en fonction de l'intérêt qu'elle y prend et en vue d'un destinataire, le plus souvent unique. La subjectivité a donc une large part dans ces relations : l'épistolière s'indigne et compatit au sort de ceux qu'elle met en scène dans ses récits (lettre 1), s'identifie à eux (lettre 2), mais surtout adapte la forme et le contenu de ses narrations aux attentes et au goût du destinataire auquel elle écrit.

À côté des grands événements politiques et militaires, la marquise réserve une place importante à la vie sociale, dont elle est un spectateur privilégié jusqu'en 1680. Les visites qu'elle rend à la cour et les conversations qu'elle entretient avec les familiers l'informent des moindres intrigues du monde (lettre 5). Ainsi, l'annonce d'un mariage (lettre 3), une mort (lettre 4) ou encore une représentation théâtrale (lettre 6) sont, autant que les hauts faits, matière à conter et à plaire. Cela vaut aux lettres une publicité mondaine. En Provence, c'est Mme de Grignan qui s'en charge : selon les dires de sa mère, elle traite les missives comme une « gazette », rapportant les nouvelles au petit cercle réuni autour d'elle les jours de courrier. La correspondance se substitue en effet aux journaux dont la diffusion reste épisodique et lente ; l'avantage de la lettre réside dans sa régularité et dans sa vocation à mêler les sujets nobles, graves, et ceux légers, anecdotiques, indignes pour cette raison de figurer dans la presse.

En deçà des informations qu'elles délivrent aux correspondants éloignés du centre du pouvoir et des lieux mondains de la sociabilité, les lettres apparaissent comme le moyen de continuer à nourrir un commerce intime et privé avec les absents ; preuves tangibles que la marquise est en pensée avec ses destinataires, elles peuvent avoir pour unique fin le maintien des liens d'amitié. De là procèdent les courriers que Mme de Sévigné appelle des « lanterneries », rendant compte par exemple d'une scène de la vie quotidienne (lettre 7) ou de l'actualité futile de la mode (lettre 8), sujets peu profonds voisinant parfois avec d'autres, plus grands. Par conséquent, l'unité de la correspondance est à rechercher moins dans les thèmes abordés que dans le regard porté par la marquise sur son temps et sur les mœurs. Si les lettres de Mme de Sévigné ont pour leurs lecteurs secondaires le charme de ce qui n'est plus, leur composition, leur caractère vivant, comique ou pathétique, empêchent pourtant qu'on les cantonne au seul intérêt documentaire.

1. La grande histoire, l'histoire des Grands

■ Une relation politico-judiciaire : le procès de Foucquet

Lié à Mazarin[1], Nicolas Foucquet * devint surintendant des Finances en 1653. La Fronde venait alors de prendre fin et laissait l'État endetté. Le nouveau ministre regagna la confiance des milieux d'argent et rétablit bientôt la situation économique et financière du pays. Cependant, profitant de ses fonctions pour s'enrichir personnellement, il constitua une force militaire destinée à assurer sa propre défense[2] et fit construire à

1. ***Mazarin*** : cardinal et homme politique (1602-1661) ; Louis XIII lui confia la direction de son Conseil et il fut le principal ministre d'Anne d'Autriche régente. Les mesures fiscales qu'il prit déclenchèrent la Fronde parlementaire (voir chronologie, p. 20).
2. À l'époque de la Fronde, Foucquet fit construire une forteresse sur Belle-Île (dont il était propriétaire depuis 1650) où il projetait de s'établir en cas de disgrâce. Lors de son procès, cela fut assimilé à un acte de rébellion contre le pouvoir royal.

grands frais le château de Vaux[1], où il recevait régulièrement les artistes de son temps – La Fontaine, Molière, Poussin et Le Brun notamment. Jalousant sa réussite et convoitant sa succession, Colbert[2] incita Louis XIV à faire arrêter le ministre pour malversations, en 1661, après une fête qu'il avait donnée, jugée trop fastueuse. Il fut également poursuivi pour tentative de rébellion[3]. À l'issue de l'instruction, marquée par des irrégularités de procédure et des lenteurs, on le condamna à l'enfermement à vie au fort de Pignerol (dans le Piémont).

Tenue informée du procès par l'un des rapporteurs, Lefèvre d'Ormesson *, Mme de Sévigné en suivit le déroulement au jour le jour, du 17 novembre au 30 décembre 1664. En effet, la marquise comptait parmi les amis du surintendant et, comme telle, pouvait se trouver compromise avec lui. Mais elle devait aussi faire part des rebondissements de l'affaire à un autre fidèle, Arnauld de Pomponne *, lequel avait été enveloppé dans la disgrâce de Foucquet et avait dû s'exiler sur ses terres.

En apparence objective, la relation commencée le 9 décembre 1664 et poursuivie le 10 ne laisse pas de mettre au jour, à l'approche du verdict, les sentiments de Mme de Sévigné, déchirée entre espoir et crainte.

(1). À POMPONNE *

À Paris, mardi 9 décembre 1664.

Je vous assure que ces jours-ci sont bien longs à passer, et que l'incertitude est une épouvantable chose : c'est un mal que toute la famille du pauvre prisonnier ne connaît point. Je les ai vus, je les ai admirés. Il semble qu'ils n'aient jamais su ni lu ce qui est
5 arrivé dans les temps passés[4]. Ce qui m'étonne encore plus, c'est

1. Voir page suivante.

2. ***Colbert*** : contrôleur général des Finances sous Louis XIV (1619-1683).

3. Voir note 2, p. 30.

4. Avant Foucquet, certains surintendants s'étaient déjà vus condamnés à la peine capitale.

Archives Flammarion

■ Château de Vaux, façade sur jardin.

Plus connu sous le nom de Vaux-le-Vicomte, ce château situé dans l'actuelle Seine-et-Marne fut construit sur les plans de l'architecte Louis Le Vau entre 1657 et 1661. Charles Le Brun, peintre et favori du pouvoir, en assura la décoration et André Le Nôtre, jardinier du roi, conçut l'agencement du parc attenant. Dans son poème intitulé « Le Songe de Vaux », commencé en 1665 et resté inachevé, La Fontaine célébra la beauté des lieux et l'enchantement qu'ils suscitaient. Mme de Sévigné a sans doute pris part aux fêtes somptueuses organisées par Foucquet à Vaux avant son arrestation, mais il faut attendre l'année 1676 pour que soit mentionné sous sa plume le palais du surintendant. Elle évoque alors pour sa fille les « fontaines muettes et sans une goutte d'eau », autrefois si « belles » (lettre du 1er juillet), et raconte son entrevue avec le comte de Vaux, vicomte de Melun, fils aîné de Foucquet qui habita la demeure après le départ en exil de son père et jusqu'à sa mort en 1705.

que Sapho [1] est tout de même [2], elle dont l'esprit et la pénétration n'a point de bornes. Quand je médite encore là-dessus, je me flatte [3], et je suis persuadée, ou du moins je me veux persuader qu'elles [4] en savent plus que moi. D'autre côté, quand je raisonne
10 avec d'autres gens moins prévenus, dont le sens [5] est admirable, je trouve les mesures [6] si justes, que ce sera un vrai miracle si la chose va comme nous la souhaitons. On ne perd jamais que d'une voix, et cette voix fait le tout. Je me souviens de ces récusations [7], dont ces pauvres femmes pensaient être assurées : il est
15 vrai que nous ne les perdîmes que de cinq à dix-sept. Depuis cela, leur assurance m'a donné de la défiance. Cependant, au fond de mon cœur, j'ai un petit brin de confiance. Je ne sais d'où il vient ni où il va, et même il n'est pas assez grand pour faire que je puisse dormir en repos. Je causais hier de toute cette affaire
20 avec Mme du Plessis* ; je ne puis voir ni souffrir [8] que les gens avec qui j'en puis parler, et qui sont dans les mêmes sentiments que moi. Elle espère comme je fais, sans en savoir la raison.

---

1. ***Sapho*** : pseudonyme de Mlle de Scudéry*, qui se désignait déjà ainsi elle-même dans son roman galant *Artamène ou le Grand Cyrus* (1649-1653), en référence à la poétesse grecque du même nom (fin VIIe s.-début VIe s. av. J.-C.), auteur de nombreux vers consacrant l'amour ainsi que la beauté et la grâce féminines. L'intérêt que Mlle de Scudéry pouvait prendre au procès s'explique par l'« amitié tendre » qu'elle entretenait avec Paul Pélisson, premier commis du ministre, menacée par l'arrestation des deux hommes.
2. ***Tout de même*** : dans un état d'esprit semblable.
3. ***Je me flatte*** : je me fais illusion.
4. Le pronom « elles » désigne, selon toute vraisemblance, la famille de Foucquet et Mlle de Scudéry.
5. ***Sens*** : l'intelligence.
6. C'est-à-dire l'équilibre entre les juges qui étaient favorables à Foucquet et ceux qui lui étaient hostiles (ils étaient en nombre à peu près égal ; le sort de l'accusé tenait donc à peu de chose).
7. Allusion au rejet de la révocation de deux juges ennemis de Foucquet, Pussort* et Voisin, demandée par la mère et la femme (« ces pauvres femmes ») de l'accusé.
8. ***Souffrir*** : supporter.

« Mais pourquoi espérez-vous ? – Parce que j'espère. » Voilà nos réponses : ne sont-elles pas bien raisonnables ? Je lui disais avec
25 la plus grande vérité du monde que si nous avions un arrêt [1] tel que nous le souhaitons, le comble de ma joie était de penser que je vous enverrais un homme à cheval, à toute bride, qui vous apprendrait cette agréable nouvelle, et que le plaisir d'imaginer celui que je vous ferais, rendrait le mien entièrement complet. Elle
30 comprit cela comme moi, et notre imagination nous donna plus d'un quart d'heure de *campos* [2].

Cependant je veux rajuster [3] la dernière journée de l'interrogatoire sur le crime d'État [4]. Je vous l'avais mandé [5] comme on me l'avait dit, mais la même personne s'en est mieux souvenue, et me
35 l'a redit ainsi. Tout le monde en a été instruit par plusieurs juges. Après que M. Foucquet * eut dit que le seul effet qu'on pouvait tirer du projet, c'était de lui avoir donné la confusion de l'entendre, Monsieur le Chancelier [6] lui dit : « Vous ne pouvez pas dire que ce ne soit là un crime d'État. » Il répondit : « Je confesse, monsieur, que
40 c'est une folie et une extravagance, mais non pas un crime d'État. Je supplie ces messieurs, dit-il se tournant vers les juges, de trouver bon que j'explique ce que c'est qu'un crime d'État ; ce n'est pas qu'ils ne soient plus habiles que moi, mais j'ai eu plus de loisir qu'eux pour l'examiner. Un crime d'État, c'est quand on est dans
45 une charge principale, qu'on a le secret du prince, et que tout d'un coup on se met à la tête du conseil de ses ennemis ; qu'on engage toute sa famille dans les mêmes intérêts ; qu'on fait ouvrir les portes des villes dont on est gouverneur à l'armée des ennemis [7], et qu'on

---

1. ***Arrêt*** : jugement.
2. ***Campos*** : mot latin qui désignait le repos, les congés ou récréations donnés aux élèves.
3. ***Rajuster*** : donner des précisions sur.
4. Voir note 2, p. 30.
5. ***Avais mandé*** : avais fait savoir par lettre.
6. Séguier *, garde des Sceaux, présidait la cour de justice.
7. Allusion à la trahison de Séguier qui avait incité son gendre, alors gouverneur de la ville de Nantes, à en ouvrir les portes à l'armée espagnole – épisode .../...

les ferme à son véritable maître ; qu'on porte dans le parti tous les
50 secrets de l'État : voilà, messieurs, ce qui s'appelle un crime d'État. »
Monsieur le Chancelier ne savait où se mettre, et tous les juges avaient fort envie de rire. Voilà au vrai comme la chose se passa. Vous m'avouerez qu'il n'y a rien de plus spirituel, de plus délicat, et même de plus plaisant.

55 Toute la France a su et admiré cette réponse. Ensuite il se défendit en détail, et dit ce que je vous ai mandé. J'aurais eu sur le cœur que vous n'eussiez point su cet endroit[1] comme il est : notre cher ami y aurait beaucoup perdu.

Ce matin, M. d'Ormesson a commencé à récapituler toute
60 l'affaire ; il a fort bien parlé et fort nettement. Il dira jeudi son avis[2]. Son camarade[3] parlera deux jours : on prétend[4] quelques jours encore pour les autres opinions. Il y a des juges qui prétendent bien s'étendre, de sorte que nous avons encore à languir jusqu'à la semaine qui vient. En vérité, ce n'est pas vivre que
65 d'être en l'état où nous sommes.

Mercredi 10 décembre 1664.

M. d'Ormesson a continué la récapitulation du procès ; il a fait des merveilles, c'est-à-dire il a parlé avec une netteté, une intelligence et une capacité extraordinaires. Pussort* l'a interrompu cinq ou six fois, sans autre dessein que de l'empêcher de
70 si bien dire. Il lui a dit sur un endroit qui lui paraissait fort pour M. Foucquet : « Monsieur, nous parlerons après vous, nous parlerons après vous. »

.../... de la Fronde dont les chefs avaient un temps fait alliance avec l'Espagne contre le pouvoir royal français.

1. ***Endroit*** : passage.

2. Le rôle du rapporteur est de rendre compte d'un procès. À l'époque de Mme de Sévigné, sa fonction était proche de celle d'un juge d'instruction.

3. Il s'agit d'un autre rapporteur, celui-ci hostile à Foucquet.

4. ***Prétend*** : ici, suppose.

■ Les nouvelles de la guerre de Hollande : le passage du Rhin

En 1672 débuta la guerre de Hollande, un conflit long de sept ans. Dans un premier temps, il opposa la France aux Provinces-Unies [1] ; ensuite, il s'étendit à la plupart des grandes puissances européennes coalisées contre Louis XIV. Engagé par la France, il devait, entre autres, permettre d'écraser la puissance économique hollandaise. Au mois de juin, les troupes françaises emmenées par Turenne [2] et Condé* passèrent le Rhin. Cependant, les Hollandais ouvrirent les digues et noyèrent le pays, empêchant ainsi les forces françaises d'avancer davantage. Cet épisode fut particulièrement meurtrier pour la France : M. de Nogent* et M. de Longueville* – fils de La Rochefoucauld* – y trouvèrent ainsi la mort. Ce contexte ne pouvait qu'alarmer Mme de Sévigné dont le fils Charles se trouvait au combat. Dans sa lettre datée du 20 juin, la marquise informe sa fille de l'état d'inquiétude dans lequel elle est : déchirée par l'absence de la comtesse, partie rejoindre son mari en Provence deux années auparavant, et craignant pour son fils, elle doit encore faire face à la douleur de ceux qui ont perdu un proche. Parmi ceux-là, Mme de Longueville*. La marquise rapporte l'annonce qu'on fit à celle-ci de la mort de son fils. Le thème de cette relation commande son caractère tragique et le mode de narration choisi par l'épistolière l'apparente à une scène de tragédie ; mais le pathétique relève ici bien moins d'un artifice littéraire que de l'identification de Mme de Sévigné à la douleur d'une mère.

---

1. ***Provinces-Unies*** : État fédéral constitué en 1579 et comprenant la partie septentrionale des Pays-Bas.
2. ***Turenne*** : maréchal de France (1611-1675) ; l'un des plus grands chefs de guerre de Louis XIV.

■ *Le Passage du Rhin le 12 juin 1672*, par Adam Frans Van der Meulen (1632-1690).

(2). À MME DE GRIGNAN

À Paris, lundi 20 juin 1672.

Il m'est impossible de me représenter l'état où vous avez été [1], ma bonne, sans une extrême émotion, et quoique je sache que vous en êtes quitte, Dieu merci, je ne puis tourner les yeux sur le passé sans une horreur qui me trouble. Hélas ! que j'étais mal instruite d'une santé qui m'est si chère ! Qui m'eût dit en ce temps-là : « Votre fille est plus en danger que si elle était à l'armée », hélas ! j'étais bien loin de le croire, ma pauvre bonne. Faut-il donc que je me trouve cette tristesse avec tant d'autres qui se trouvent présentement dans mon cœur ? Le péril extrême où se trouve mon fils, la guerre qui s'échauffe tous les jours, les courriers qui n'apportent plus que la mort de quelqu'un de nos amis ou de nos connaissances et qui peuvent apporter pis, la crainte qu'on a des mauvaises nouvelles et la curiosité qu'on a de les apprendre, la désolation de ceux qui sont outrés de douleur, avec qui je passe une partie de ma vie ; l'inconcevable état de ma tante, et l'envie que j'ai de vous voir : tout cela me déchire et me tue, et me fait mener une vie si contraire à mon humeur et à mon tempérament, qu'en vérité il faut que j'aie une bonne santé pour y résister.

Vous n'avez jamais vu Paris comme il est. Tout le monde pleure, ou craint de pleurer. L'esprit tourne à la pauvre Mme de Nogent *. Mme de Longueville * fait fendre le cœur, à ce qu'on dit : je ne l'ai point vue, mais voici ce que je sais. Mlle de Vertus * était retournée depuis deux jours à Port-Royal [2], où elle est presque toujours. On est allé la quérir, avec M. Arnauld [3], pour dire cette terrible nouvelle. Mlle de Vertus n'avait qu'à se montrer : ce retour si précipité marquait bien quelque chose de funeste. En effet, dès qu'elle parut : « Ah, mademoiselle ! comme se porte monsieur mon

1. Mme de Grignan avait été souffrante et son mari en avait informé la marquise par lettre.

2. Il s'agit de l'abbaye de Port-Royal, alors foyer français du jansénisme (voir présentation, note 1, p. 10).

3. Il s'agit d'Antoine Arnauld, le grand Arnauld *.

frère[1] ? » Sa pensée n'osa aller plus loin. « Madame, il se porte bien de sa blessure. – Il y a eu un combat. Et mon fils ? » On ne lui répondit rien. « Ah ! mademoiselle, mon fils, mon cher enfant,
30 répondez-moi, est-il mort ? – Madame, je n'ai point de paroles pour vous répondre. – Ah ! mon cher fils ! est-il mort sur-le-champ ? N'a-t-il pas eu un seul moment ? Ah mon Dieu ! quel sacrifice ! » Et là-dessus elle tombe sur son lit, et tout ce que la plus vive douleur peut faire, et par des convulsions, et par des évanouis-
35 sements, et par un silence mortel, et par des cris étouffés, et par des larmes amères, et par des élans vers le ciel, et par des plaintes tendres et pitoyables, elle a tout éprouvé. Elle voit certaines gens. Elle prend des bouillons, parce que Dieu le veut. Elle n'a aucun repos. Sa santé, déjà très mauvaise, est visiblement altérée. Pour
40 moi, je lui souhaite la mort, ne comprenant pas qu'elle puisse vivre après une telle perte.

Il y a un homme[2] dans le monde qui n'est guère moins touché ; j'ai dans la tête que s'ils s'étaient rencontrés tous deux dans ces premiers moments, et qu'il n'y eût eu que le chat avec eux, je crois que tous les
45 autres sentiments auraient fait place à des cris et à des larmes, qu'on aurait redoublés de bon cœur : c'est une vision[3]. Mais enfin quelle affliction ne montre point notre grosse marquise d'Uxelles* sur le pied de la bonne amitié[4] ! Ses maîtresses[5] ne s'en contraignent pas[6]. Toute sa pauvre maison revient ; et son écuyer, qui vint hier, ne paraît
50 pas un homme raisonnable[7]. Cette mort efface les autres.

---

1. Le frère de Mme de Longueville est Louis II de Bourbon, prince de Condé, dit le Grand Condé*.

2. Allusion au duc de La Rochefoucauld dont M. de Longueville était le fils illégitime.

3. ***Vision*** : vue de l'esprit ; la marquise imagine la rencontre de Mme de Longueville avec le duc de La Rochefoucauld en de pareilles circonstances.

4. ***Sur le pied de la bonne amitié*** : conformément à la bonne amitié, en toute amitié.

5. « Ses maîtresses » désigne les femmes éprises de M. de Longueville.

6. ***Ne s'en contraignent pas*** : ne cachent pas leur affliction.

7. « Maison » renvoie au personnel qui assurait le service de M. de Longueville et dont faisait partie l'écuyer, gentilhomme du chevalier. La marquise semble .../...

Un courrier d'hier au soir apporte la mort du comte du Plessis *, qui faisait faire un pont. Un coup de canon l'a emporté. On assiège Arnheim [1] : on n'a pas attaqué le fort de Schenk [2], parce qu'il y a huit mille hommes dedans. Ah ! que ces beaux 55 commencements seront suivis d'une fin tragique pour bien des gens ! Dieu conserve mon pauvre fils ! Il n'a pas été de ce passage. S'il y avait quelque chose de bon à un tel métier, ce serait d'être attaché à une charge [3], comme il est. [...]

2. Chronique de la vie mondaine et littéraire

■ Le mariage de Lauzun

Les lettres de Mme de Sévigné s'offrent encore au lecteur comme un miroir du Grand Siècle quand la marquise y tient la rubrique des gens du monde. Les missives empruntent alors leur modèle à la conversation de salon : elles se font l'écho de bavardages souvent frivoles. L'intérêt de telles relations réside moins dans leur contenu que dans « l'art de bien dire des bagatelles » – pour reprendre l'expression de Mlle de Scudéry * dans *Clélie*.

Rompue au commerce mondain, Mme de Sévigné sait donner à ces lettres appelées « galantes » la vivacité d'un dialogue. Celle qu'elle adresse à son cousin Coulanges * le 15 décembre 1670, rapportant la

.../... suggérer que ce domestique, de nature à commettre des imprudences, peut, par témérité, avoir exposé inconsidérément la vie de son maître sur le champ de bataille.

1. ***Arnheim*** : ville des Pays-Bas située sur les bords du Rhin.

2. ***Fort de Schenk*** : fort situé aux Pays-Bas à l'embranchement du Rhin et du Waal.

3. Contrairement à ceux qui servaient en qualité de volontaires et qui, pour cette raison, se trouvaient en première ligne de bataille comme M. de Longueville, le fils de Mme de Sévigné était attaché au régiment des gendarmes-Dauphin (voir présentation, note 4, p. 9), troupe régulière moins exposée puisque davantage en retrait.

nouvelle du projet de mariage entre Lauzun *, simple duc, et Mademoiselle *, que sa naissance destinait au trône, en est une illustration. Elle prend la forme d'une devinette adressée au correspondant : l'annonce de ce qu'on considérait alors comme une mésalliance invraisemblable autant qu'inconvenante se trouve sans cesse différée par l'épistolière afin d'accentuer l'effet de surprise chez le destinataire. Relevant d'une écriture hyperbolique, les procédés mis en œuvre par la marquise – accumulation et amplification entre autres – ont pour but d'intriguer et d'égarer le lecteur du courrier.

Le recours à la rhétorique ôte ainsi à la nouvelle le caractère scandaleux qu'elle pouvait revêtir à l'époque. L'épistolière cherche davantage à susciter l'étonnement de son correspondant qu'à blâmer l'union qu'elle annonce. En cela, l'intérêt se concentre moins dans la nouvelle elle-même que dans sa transposition formelle selon le code social de la mondanité alors en vigueur.

(3). À COULANGES *

À Paris, lundi 15 décembre 1670.

Je m'en vais vous mander[1] la chose la plus étonnante, la plus surprenante, la plus merveilleuse, la plus miraculeuse, la plus triomphante, la plus étourdissante, la plus inouïe, la plus singulière, la plus extraordinaire, la plus incroyable, la plus imprévue, la plus
5 grande, la plus petite, la plus rare, la plus commune, la plus éclatante, la plus secrète jusqu'aujourd'hui, la plus brillante, la plus digne d'envie : enfin une chose dont on ne trouve qu'un exemple dans les siècles passés, encore cet exemple n'est-il pas juste ; une chose que l'on ne peut pas croire à Paris (comment la pourrait-on
10 croire à Lyon[2] ?) ; une chose qui fait crier miséricorde à tout le monde ; une chose qui comble de joie Mme de Rohan * et Mme de

1. ***Mander*** : note 5, p. 34.
2. M. et Mme de Coulanges se trouvaient alors à Lyon, chez le père de cette dernière, intendant de la ville.

Hauterive* ; une chose enfin qui se fera dimanche, où ceux qui la verront croiront avoir la berlue ; une chose qui se fera dimanche, et qui ne sera peut-être pas faite lundi [1]. Je ne puis me résoudre à la
15 dire ; devinez-la : je vous la donne en trois [2]. Jetez-vous votre langue aux chiens ? Eh bien ! il faut donc vous la dire : M. de Lauzun* épouse dimanche au Louvre, devinez qui ? Je vous le donne en quatre, je vous le donne en dix ; je vous le donne en cent. Mme de Coulanges* dit : Voilà qui est bien difficile à deviner ; c'est Mlle de
20 La Vallière* – Point du tout, Madame. – C'est donc Mlle de Retz* ? – Point du tout, vous êtes bien provinciale. – Vraiment nous sommes bien bêtes, dites-vous, c'est Mlle Colbert* ? – Encore moins. – C'est assurément Mlle de Créquy* ? – Vous n'y êtes pas. Il faut donc à la fin vous le dire : il épouse, dimanche, au Louvre, avec
25 la permission du Roi, Mademoiselle, Mademoiselle de... Mademoiselle... devinez le nom : il épouse Mademoiselle, ma foi ! par ma foi ! ma foi jurée ! Mademoiselle, la Grande Mademoiselle* ; Mademoiselle, fille de feu Monsieur [3] ; Mademoiselle, petite-fille de Henri IV ; mademoiselle d'Eu, mademoiselle de Dombes [4], made-
30 moiselle de Montpensier, mademoiselle d'Orléans ; Mademoiselle, cousine germaine du Roi ; Mademoiselle, destinée au trône ; Mademoiselle, le seul parti de France qui fût digne de Monsieur. Voilà un beau sujet de discourir. Si vous criez, si vous êtes hors de vous-même, si vous dites que nous avons menti, que cela est faux, qu'on

---

1. Mme de Sévigné doutait fort que l'union entre Lauzun et Mademoiselle se réalisât.

2. On emploie désormais la formule « je vous le donne en mille », qui signifie « vous n'avez pas une chance sur mille de deviner ». La marquise, utilisant cette expression à trois reprises et augmentant à chaque fois l'adjectif numéral qui termine la formule, laisse peu de chances à M. et Mme de Coulanges de résoudre la devinette à laquelle elle les soumet.

3. ***Monsieur*** : ce titre désigne ici Gaston d'Orléans, frère de Louis XIII et père de la Grande Mademoiselle. Il servit aussi à désigner Philippe d'Orléans, frère de Louis XIV.

4. Le père de Mademoiselle portait le titre de comte d'Eu et la principauté de Dombes appartenait, entre autres, à la famille d'Orléans.

35 se moque de vous, que voilà une belle raillerie, que cela est bien fade à imaginer ; si enfin vous nous dites des injures, nous trouverons que vous avez raison ; nous en avons fait autant que vous.

Adieu ; les lettres qui seront portées par cet ordinaire[1] vous feront voir si nous disons vrai ou non.

La mort de Vatel

À côté des lettres galantes qui annoncent aux correspondants de la marquise des nouvelles ponctuelles sur un ton enjoué, les « relations » rapportent minutieusement et avec davantage de retenue les événements mondains de premier ordre. Quand elle rédige la lettre du 26 avril 1671 à l'attention de sa fille, Mme de Sévigné lui a déjà fait part, brièvement, dans un précédent courrier, du suicide de Vatel, cuisinier de Condé *, mais elle revient sur le détail des circonstances qui ont conduit l'homme à se donner la mort.

Le Prince * avait convié le Roi accompagné de la cour dans son domaine de Chantilly pour quelques parties de chasse. Les repas orchestrés par Vatel* – aguerri dans l'art des soupers puisqu'il avait auparavant présidé aux réceptions données par le surintendant Foucquet * au château de Vaux – promettaient de ravir les convives. Cependant, il manqua des vivres. Au comble du désespoir, le maître queux se retira dans sa chambre et se transperça le corps d'une épée.

L'épistolière donne à son récit un caractère fortement dramatique. La dramatisation passe essentiellement par les changements subits de la vitesse narrative – alternance de résumés et de scènes détaillées. Ainsi, la marquise parvient-elle à ménager un certain suspense pour sa correspondante, qui connaît pourtant déjà le dénouement funeste de l'événement.

Par conséquent, si la relation a bien pour mission d'éclairer Mme de Grignan sur un fait mondain marquant, elle ne saurait se

1. ***Ordinaire*** : adjectif substantivé désignant un pli normalement acheminé par la poste, que l'on distingue donc des lettres de traverse et des courriers privés ou officiels (voir présentation, p. 13).

réduire à une fonction purement informative. En effet, par son récit, l'épistolière cherche aussi à plaire à sa fille, à lui transmettre le goût des longues lettres. Toutefois le récit de la marquise ne laisse aucune place à la complaisance ; bien plus, l'organisation même de la narration sert la dénonciation discrète des fêtes du monde : les précisions apportées sur les cérémonies encadrent le suicide du cuisinier comme pour accuser la vanité des premières et la disproportion de l'acte du second.

(4). À MME DE GRIGNAN

À Paris, ce dimanche 26 avril 1671.

Il est dimanche 26 avril ; cette lettre ne partira que mercredi ; mais ceci n'est pas une lettre, c'est une relation [1] que vient de me faire Moreuil *, à votre intention, de ce qui s'est passé à Chantilly touchant Vatel *. Je vous écrivis vendredi qu'il s'était poignardé : 5 voici l'affaire en détail. Le Roi arriva jeudi au soir ; la chasse, les lanternes, le clair de la lune, la promenade, la collation [2] dans un lieu tapissé de jonquilles, tout cela fut à souhait. On soupa : il y eut quelques tables où le rôti manqua, à cause de plusieurs dîners où l'on ne s'était point attendu [3]. Cela saisit Vatel ; il dit plusieurs fois : 10 « Je suis perdu d'honneur ; voici un affront que je ne supporterai pas. » Il dit à Gourville * : « La tête me tourne, il y a douze nuits que je n'ai dormi ; aidez-moi à donner des ordres. » Gourville le soulagea en ce qu'il put. Ce rôti qui avait manqué, non pas à la table du Roi, mais aux vingt-cinquièmes [4], lui revenait toujours à la tête. 15 Gourville le dit à Monsieur le Prince *. Monsieur le Prince alla jusque dans sa chambre, et lui dit : « Vatel, tout va bien, rien n'était

---

1. ***Relation*** : ici, lettre écrite en dehors des rythmes postaux réguliers.
2. ***Collation*** : repas léger, goûter.
3. ***À cause de plusieurs dîners où l'on ne s'était point attendu*** : à cause de plusieurs couverts auxquels on ne s'était point attendu.
4. Dans une assemblée de courtisans, on désignait ainsi les invités de rang inférieur.

si beau que le souper du Roi. » Il lui dit : « Monseigneur, votre bonté m'achève ; je sais que le rôti a manqué à deux tables. – Point du tout, dit Monsieur le Prince, ne vous fâchez point, tout va bien. » La
20 nuit vient : le feu d'artifice ne réussit pas, il fut couvert d'un nuage ; il coûtait seize mille francs. À quatre heures du matin, Vatel s'en va partout, il trouve tout endormi, il rencontre un petit pourvoyeur qui lui apportait seulement deux charges de marée [1] ; il lui demanda : « Est-ce là tout ? » Il lui dit : « Oui, monsieur. » Il ne savait
25 pas que Vatel avait envoyé à tous les ports de mer. Il attend quelque temps ; les autres pourvoyeurs ne viennent point ; sa tête s'échauffait, il croit qu'il n'aura point d'autre marée, il trouve Gourville, et lui dit : « Monsieur, je ne survivrai pas à cet affront-ci ; j'ai de l'honneur et de la réputation à perdre. » Gourville se moqua de lui. Vatel
30 monte à sa chambre, met son épée contre la porte, et se la passe au travers du cœur ; mais ce ne fut qu'au troisième coup, car il s'en donna deux qui n'étaient pas mortels : il tombe mort. La marée cependant arrive de tous côtés ; on cherche Vatel pour la distribuer ; on va à sa chambre ; on heurte, on enfonce la porte ; on le
35 trouve noyé dans son sang ; on court à Monsieur le Prince, qui fut au désespoir. Monsieur le Duc [2] pleura : c'était sur Vatel que roulait [3] tout son voyage de Bourgogne. Monsieur le Prince le dit au Roi fort tristement : on dit que c'était à force d'avoir de l'honneur en sa manière ; on le loua fort, on loua et blâma son courage. Le
40 Roi dit qu'il y avait cinq ans qu'il retardait de venir à Chantilly, parce qu'il comprenait l'excès de cet embarras. Il dit à Monsieur le Prince qu'il ne devait avoir que deux tables [4], et ne se point charger de tout le reste. Il jura qu'il ne souffrirait plus que Monsieur le

1. *Marée* : poisson de mer, nourriture des jours maigres ; le deuxième jour des festivités est un vendredi et l'Église prescrit de ne manger ni viande ni aliment gras ce jour-là.

2. *Monsieur le Duc* : le fils aîné du prince.

3. *Roulait* : reposait. Le duc se rendait en Bourgogne pour les états provinciaux et l'on suppose qu'il avait prévu de recourir aux services de Vatel.

4. Le Roi estimait que le nombre des convives pouvait être réduit et que deux tables suffisaient au repas donné en son honneur par Condé.

Prince en usât ainsi ; mais c'était trop tard pour le pauvre Vatel.
45 Cependant Gourville tâche de réparer la perte de Vatel ; elle le fut : on dîna très bien, on fit collation, on soupa, on se promena, on joua, on fut à la chasse ; tout était parfumé de jonquilles, tout était enchanté. Hier, qui était samedi, on fit encore de même ; et le soir, le Roi alla à Liancourt[1], où il avait commandé un *medianoche*[2] ; il y
50 doit demeurer aujourd'hui. Voilà ce que m'a dit Moreuil, pour vous mander[3]. Je jette mon bonnet par-dessus le moulin[4], et je ne sais rien du reste. M. d'Hacqueville*, qui était à tout cela, vous fera des relations sans doute ; mais comme son écriture n'est pas si lisible que la mienne, j'écris toujours. Voilà bien des détails, mais
55 parce que je les aimerais en pareille occasion, je vous les mande.

■ Le madrigal du Roi

Au siècle des moralistes, Mme de Sévigné tient sa place parmi les observateurs du cœur humain. Dans la lettre datée du 1er décembre 1664, elle brocarde avec humour l'attitude vile des courtisans à l'égard du souverain.

Louis XIV a composé un madrigal[5] et l'a soumis à un maréchal ; ignorant quel en était l'auteur, ce dernier l'a jugé mauvais et s'est ravisé en apprenant que le Roi lui-même l'avait composé.

L'épistolière tire de l'anecdote la matière d'une sorte d'apologue : elle donne à l'entrevue particulière des deux hommes la vivacité comique d'une fable et propose en conclusion une morale à l'attention de son destinataire, Pomponne, mais également du monarque, selon laquelle la flatterie en usage à la cour empêche toute authenticité des rapports entre le Roi et ceux qui l'entourent.

---

1. Chez le duc et la duchesse de Liancourt.
2. ***Medianoche*** : souper avec viande qui se prend passé minuit, après un jour maigre.
3. ***Mander*** : voir note 5, p. 34.
4. Expression que l'on trouvait à la fin de nombreux contes destinés aux enfants, et qui signifie : « je ne sais pas comment finir mon histoire ».
5. ***Madrigal*** : petite pièce en vers d'inspiration galante.

(5). À POMPONNE*

À Paris, lundi 1er décembre 1664.

[...] Il faut que je vous conte une petite historiette, qui est très vraie, et qui vous divertira. Le Roi se mêle depuis peu de faire des vers ; MM. de Saint-Aignan* et Dangeau* lui apprennent comme il s'y faut prendre. Il fit l'autre jour un petit madrigal, que lui-même ne trouva pas trop joli. Un matin il dit au maréchal de Gramont* : « Monsieur le maréchal, je vous prie, lisez ce petit madrigal, et voyez si vous en avez jamais vu un si impertinent[1]. Parce qu'on sait que depuis peu j'aime les vers, on m'en apporte de toutes les façons. » Le maréchal, après avoir lu, dit au Roi : « Sire, Votre Majesté juge divinement bien de toutes choses : il est vrai que voilà le plus sot et le plus ridicule madrigal que j'aie jamais lu. » Le Roi se mit à rire, et lui dit : « N'est-il pas vrai que celui qui l'a fait est bien fat[2] ? – Sire, il n'y a pas moyen de lui donner un autre nom. – Oh bien ! dit le Roi, je suis ravi que vous m'en ayez parlé si bonnement ; c'est moi qui l'ai fait. – Ah ! Sire, quelle trahison ! Que Votre Majesté me le rende ; je l'ai lu brusquement. – Non, monsieur le maréchal : les premiers sentiments sont toujours les plus naturels. » Le Roi a fort ri de cette folie, et tout le monde trouve que voilà la plus cruelle petite chose que l'on puisse faire à un vieux courtisan. Pour moi, qui aime toujours à faire des réflexions, je voudrais que le Roi en fît là-dessus, et qu'il jugeât par là combien il est loin de connaître jamais la vérité. [...]

---

1. ***Impertinent*** : caractère de ce qui ne convient pas, de ce qui est déplacé ; mal écrit.

2. ***Fat*** : ridiculement prétentieux.

■ Une représentation d'*Esther* de Racine

À la demande de Mme de Maintenon*, Racine écrivit *Esther*, tragédie en trois actes, pour les demoiselles de Saint-Cyr, jeunes filles nobles mais sans fortune que la maîtresse de Louis XIV avait placées sous sa protection dans le domaine royal de Saint-Cyr, près de Versailles, pour en assurer l'éducation. L'intrigue, bâtie sur un épisode rapporté par la Bible, s'inspirait dans sa forme de la dramaturgie antique grecque. Là représentation donnée par les demoiselles de Saint-Cyr fit grand bruit et attira le Roi, sa cour ainsi qu'un public choisi auquel appartenait Mme de Sévigné. La création de la pièce marqua le retour du dramaturge au théâtre après le silence où l'avait réduit l'échec de *Phèdre*, douze années auparavant.

La lettre du 21 février 1689 fait office de compte rendu pour Mme de Grignan tenue éloignée de la scène artistique et sociale par sa situation géographique. L'événement était alors autant littéraire que mondain. De ce point de vue, si Mme de Sévigné rapporte les propos tenus par le Roi sur la pièce, c'est moins pour ce qu'ils révèlent sur la tragédie que parce qu'ils constituent une marque de distinction à son égard. Ce trait de vanité a d'ailleurs valu à l'épistolière les railleries de son cousin Bussy-Rabutin* dans son *Histoire amoureuse des Gaules* (1665).

Pour autant, la remarque du Roi sur *Esther* reste très convenue quand, à l'inverse, celles de Mme de Sévigné sont un éloge sincère de la pièce et du jeu des actrices : l'épistolière s'applique en effet à restituer fidèlement son sentiment. L'hommage rendu prend toute sa valeur si l'on sait, en outre, que la préférence de la marquise allait à Corneille plus qu'à Racine[1].

1. Voir lettre 19, p. 107-108.

■ *Racine faisant réciter sa tragédie d'*Esther *par les demoiselles de Saint-Cyr devant Louis XIV et Mme de Maintenon* (1824). Gravure aquarellée d'après J. Boilly.

(6). À MME DE GRIGNAN

À Paris, ce lundi 21 février 1689.

Il est vrai, ma chère fille, que nous voilà bien cruellement séparées l'une de l'autre : *aco fa trembla* [1]. Ce serait une belle chose, si j'y avais ajouté le chemin d'ici aux Rochers ou à Rennes ; mais ce ne sera pas sitôt : Mme de Chaulnes * veut voir la fin de plusieurs 5 affaires, et je crains seulement qu'elle ne parte trop tard [2], dans le dessein que j'ai de revenir l'hiver suivant, par plusieurs raisons, dont la première est que je suis très persuadée que M. de Grignan sera obligé de revenir pour sa chevalerie [3], et que vous ne sauriez prendre un meilleur temps pour vous éloigner de votre château 10 culbuté et inhabitable [4], et venir faire un peu votre cour avec Monsieur le chevalier de l'ordre, qui ne le sera qu'en ce temps-là.

Je fis la mienne l'autre jour à Saint-Cyr, plus agréablement que je n'eusse jamais pensé. Nous y allâmes samedi, Mme de Coulanges *, Mme de Bagnols *, l'abbé Têtu * et moi. Nous trouvâmes 15 nos places gardées. Un officier dit à Mme de Coulanges que Mme de Maintenon * lui faisait garder un siège auprès d'elle : vous voyez quel honneur. « Pour vous, madame, me dit-il, vous pouvez choisir. » Je me mis avec Mme de Bagnols au second banc derrière les duchesses. Le maréchal de Bellefonds * vint se mettre, par 20 choix, à mon côté droit, et devant c'étaient Mmes d'Auvergne *, de Coislin *, de Sully *. Nous écoutâmes, le maréchal et moi, cette

1. ***Aco fa trembla*** : « cela fait trembler », en italien.

2. Mme de Sévigné projetait de se rendre dans sa demeure des Rochers (voir présentation, p. 8, et voir p. 76), située non loin de Rennes, ville dont le mari de Mme de Chaulnes était gouverneur pour la Bretagne. Les deux femmes auraient pu faire le trajet ensemble et la marquise séjourner quelques jours chez son amie. Mais Mme de Chaulnes ajournait son départ ; le voyage se fit sans elle.

3. M. de Grignan devait être reçu chevalier de l'ordre du Saint-Esprit, le plus illustre des ordres de chevalerie de l'Ancien Régime.

4. Le château de Grignan faisait l'objet de grands travaux de réhabilitation ; voir aussi lettre 16, p. 92.

tragédie avec une attention qui fut remarquée, et de certaines louanges sourdes et bien placées, qui n'étaient peut-être pas sous les fontanges [1] de toutes les dames. Je ne puis vous dire l'excès de
25 l'agrément de cette pièce. C'est une chose qui n'est pas aisée à représenter, et qui ne sera jamais imitée ; c'est un rapport de la musique, des vers, des chants, des personnes, si parfait et si complet, qu'on n'y souhaite rien ; les filles [2] qui font des rois et des personnages sont faites exprès : on est attentif, et on n'a point
30 d'autre peine que celle de voir finir une si aimable pièce ; tout y est simple, tout y est innocent, tout y est sublime et touchant : cette fidélité de l'Histoire sainte donne du respect ; tous les chants convenables [3] aux paroles, qui sont tirées des Psaumes ou de La Sagesse [4], et mis dans le sujet, sont d'une beauté qu'on ne soutient
35 pas sans larmes : la mesure de l'approbation qu'on donne à cette pièce, c'est celle du goût et de l'attention. J'en fus charmée, et le maréchal aussi, qui sortit de sa place, pour aller dire au Roi combien il était content, et qu'il était auprès d'une dame qui était bien digne d'avoir vu *Esther*. Le Roi vint vers nos places, et après
40 avoir tourné, il s'adressa à moi, et me dit : « Madame, je suis assuré que vous avez été contente. » Moi, sans m'étonner, je répondis : « Sire, je suis charmée ; ce que je sens est au-dessus des paroles. » Le Roi me dit : « Racine a bien de l'esprit [5]. » Je lui dis : « Sire, il en a beaucoup ; mais en vérité ces jeunes personnes en ont beaucoup
45 aussi : elles entrent dans le sujet comme si elles n'avaient jamais fait autre chose. » Il me dit : « Ah ! pour cela, il est vrai. » Et puis Sa Majesté s'en alla, et me laissa l'objet de l'envie : comme il n'y avait

---

1. La fontange est une coiffure composée de rubans et de dentelles, pouvant atteindre plusieurs dizaines de centimètres de hauteur ; elle doit son nom à celle qui en lança la mode, la duchesse de Fontange, maîtresse de Louis XIV.

2. Il s'agit des demoiselles de Saint-Cyr, qui interprètent les personnages d'*Esther*.

3. ***Convenables*** : appropriés.

4. Il s'agit de deux livres de l'Ancien Testament : les Psaumes attribués à David et le livre de la Sagesse attribué à Salomon.

5. ***Esprit*** : génie, talent.

quasi que moi de nouvelle venue, il eut quelque plaisir de voir mes sincères admirations sans bruit et sans éclat. Monsieur le Prince *,
50 Madame la Princesse me vinrent dire un mot ; Mme de Maintenon, un éclair : elle s'en allait avec le Roi ; je répondis à tout, car j'étais en fortune. Nous revînmes le soir aux flambeaux. Je soupai chez Mme de Coulanges, à qui le Roi avait parlé aussi avec un air d'être chez lui qui lui donnait une douceur trop aimable. Je vis le soir
55 Monsieur le Chevalier * [1] ; je lui contai tout naïvement mes petites prospérités [2], ne voulant point les cachoter sans savoir pourquoi, comme de certaines personnes ; il en fut content, et voilà qui est fait ; je suis assurée qu'il ne m'a point trouvé, dans la suite, ni une sotte vanité, ni un transport de bourgeoise : demandez-lui. Mon-
60 sieur de Meaux [3] me parla fort de vous ; Monsieur le Prince aussi ; je vous plaignis de n'être point là ; mais le moyen, ma chère enfant ? on ne peut pas être partout. Vous étiez à votre opéra de Marseille [4] : comme *Atys* [5] est non seulement *trop heureux*, mais trop charmant, il est impossible que vous vous y soyez ennuyée.
65 Pauline * doit avoir été surprise du spectacle : elle n'est pas en droit d'en souhaiter un plus parfait. J'ai une idée si agréable de Marseille, que je suis assurée que vous n'avez pas pu vous y ennuyer, et je parie pour cette dissipation [6] contre celle d'Aix. [...]

---

1. Il s'agit ici de Joseph de Grignan dit Adhémar *.
2. ***Prospérités*** : joies.
3. ***Monsieur de Meaux*** : Bossuet (1627-1704), évêque de Meaux.
4. Mme de Grignan se trouve alors à Marseille. Elle s'y rendait parfois, ainsi qu'à Aix, pour les affaires de son mari.
5. ***Atys*** : tragédie lyrique de Lully (1632-1687) sur un livret de Philippe Quinault (1635-1688). « Trop heureux » est une citation empruntée à l'œuvre.
6. ***Dissipation*** : divertissement.

3. Un tableau de la vie quotidienne sous le règne de Louis XIV

■ Scène de rue à Paris : l'incendie chez Guitaut

La part que la correspondance fait aux événements historiques, sociaux et culturels de premier rang s'explique par la qualité, propre à la marquise, de témoin privilégié de son temps. Cependant, les petits faits intéressent aussi l'épistolière parce qu'ils sont autant de prétextes à nourrir la relation épistolaire qu'elle entretient avec sa fille. Jour après jour, les lettres ressaisissent donc le quotidien de l'existence et composent, sur une période longue de vingt-cinq ans, une fresque de la vie privée au XVIIe siècle.

L'incendie survenu chez les Guitaut* le 18 février 1671 donne à la mère esseulée – Mme de Grignan a quitté Paris quinze jours plus tôt pour gagner la Provence – le moyen de tromper l'attente et le motif d'une lettre. L'issue heureuse de l'incident en autorise un traitement épistolaire proche de la comédie, oscillant entre héroï-comique et burlesque.

De la découverte angoissée du feu au tableau pittoresque final, le récit semble entièrement commandé par le souci de composer avec toute la gamme des émotions du destinataire, comprise entre larmes et rire.

(7). À MME DE GRIGNAN

À Paris, vendredi 20 février 1671.

Je vous avoue que j'ai une extraordinaire envie de savoir de vos nouvelles ; songez, ma chère bonne, que je n'en ai point eu depuis La Palice[1]. Je ne sais rien du reste de votre voyage jusqu'à Lyon, ni

1. La Palice, aujourd'hui Lapalisse, localité située près de Vichy, se trouve sur l'itinéraire suivi par la comtesse pour se rendre en Provence.

de votre route jusqu'en Provence : je me dévore, en un mot ; j'ai
5 une impatience qui trouble mon repos. Je suis bien assurée qu'il me viendra des lettres (je ne doute point que vous ne m'ayez écrit), mais je les attends, et je ne les ai pas : il faut se consoler, et s'amuser en vous écrivant.

Vous saurez, ma petite, qu'avant-hier, mercredi, après être
10 revenue de chez M. de Coulanges *, où nous faisons nos paquets [1] les jours d'ordinaire [2], je revins me coucher. Cela n'est pas extraordinaire ; mais ce qui l'est beaucoup, c'est qu'à trois heures après minuit, j'entendis crier au voleur, au feu, et ces cris si près de moi et si redoublés, que je ne doutai point que ce ne fût ici ; je crus
15 même entendre qu'on parlait de ma petite-fille [3] ; je ne doutai pas qu'elle ne fût brûlée. Je me levai dans cette crainte, sans lumière, avec un tremblement qui m'empêchait quasi de me soutenir. Je courus à son appartement, qui est le vôtre : je trouvai tout dans une grande tranquillité ; mais je vis la maison de Guitaut * tout en
20 feu ; les flammes passaient par-dessus la maison de Mme de Vauvineux *. On voyait dans nos cours, et surtout chez M. de Guitaut, une clarté qui faisait horreur : c'étaient des cris, c'était une confusion, c'étaient des bruits épouvantables, des poutres et des solives [4] qui tombaient. Je fis ouvrir ma porte, j'envoyai mes
25 gens au secours. M. de Guitaut m'envoya une cassette de ce qu'il a de plus précieux ; je la mis dans mon cabinet, et puis je voulus aller dans la rue pour bayer [5] comme les autres ; j'y trouvai M. et Mme de Guitaut quasi nus, Mme de Vauvineux, l'ambassadeur de Venise [6], tous ses gens, la petite de Vauvineux qu'on portait

1. On attachait alors les lettres ensemble avant de les envoyer.

2. ***Ordinaire*** : voir note 1, p. 43. L'envoi correspond, le vendredi 20 février 1671, à un jour normal de courrier.

3. Il s'agit de Marie-Blanche de Grignan * dont la comtesse a laissé la garde à Mme de Sévigné lors du premier voyage de celle-ci en Provence.

4. ***Solives*** : pièces de charpente.

5. ***Bayer*** : rester la bouche ouverte (vieilli, variante de « béer »).

6. L'ambassadeur de Venise, Zuanne Morosini, possédait une résidence parisienne.

30 tout endormie chez l'Ambassadeur, plusieurs meubles et vaisselles d'argent qu'on sauvait chez lui. Mme de Vauvineux faisait démeubler. Pour moi, j'étais comme dans une île, mais j'avais grand'pitié de mes pauvres voisins. Mme Guéton * et son frère donnaient de très bons conseils. Nous étions tous dans la consternation : le feu
35 était si allumé qu'on n'osait en approcher, et l'on n'espérait la fin de cet embrasement qu'avec la fin de la maison de ce pauvre Guitaut. Il faisait pitié ; il voulait aller sauver sa mère, qui brûlait au troisième étage ; sa femme s'attachait à lui, qui le retenait avec violence ; il était entre la douleur de ne pas secourir sa mère et la
40 crainte de blesser sa femme, grosse de cinq mois : il faisait pitié. Enfin il me pria de tenir sa femme, je le fis : il trouva que sa mère avait passé au travers de la flamme et qu'elle était sauvée. Il voulut aller retirer quelques papiers ; il ne put approcher du lieu où ils étaient. Enfin il revint à nous dans cette rue, où j'avais fait asseoir
45 sa femme. Des capucins [1], pleins de charité et d'adresse, travaillèrent si bien, qu'ils coupèrent le feu. On jeta de l'eau sur les restes de l'embrasement, et enfin

Le combat finit faute de combattants [2] ;

c'est-à-dire après que le premier et second étage de l'antichambre
50 et de la petite chambre et du cabinet, qui sont à main droite du salon, eurent été entièrement consommés. On appela bonheur ce qui restait de la maison, quoiqu'il y ait pour le pauvre Guitaut pour plus de dix mille écus de perte, car on compte de faire rebâtir cet appartement, qui était peint et doré. Il y avait
55 aussi plusieurs beaux tableaux à M. Le Blanc *, à qui est la maison : il y avait aussi plusieurs tables, et miroirs, miniatures,

---

1. En l'absence de pompiers professionnels, les religieux d'ordre mendiant devaient intervenir en cas d'incendie.

2. Citation erronée d'un vers du *Cid* de Corneille : « Et le combat cessa faute de combattants » (acte IV, scène III, v. 1338). Elle fait pendant au dilemme auquel Guitaut a été exposé immédiatement en amont.

meubles, tapisseries. Ils ont grand regret à des lettres : je me suis imaginée que c'étaient des lettres de Monsieur le Prince*. Cependant, vers les cinq heures du matin, il fallut songer à Mme de Guitaut : je lui offris mon lit ; mais Mme Guéton la mit dans le sien, parce qu'elle a plusieurs chambres meublées. Nous la fîmes saigner ; nous envoyâmes quérir Boucher ; il craint bien que cette grande émotion ne la fasse accoucher devant les neuf jours (c'est grand hasard s'il ne vient). Elle est donc chez cette pauvre Mme Guéton ; tout le monde les vient voir, et moi je continue mes soins, parce que j'ai trop bien commencé pour ne pas achever.

Vous m'allez demander comment le feu s'était mis à cette maison : on n'en sait rien ; il n'y en avait point dans l'appartement où il a pris. Mais si on avait pu rire dans une si triste occasion, quels portraits n'aurait-on point faits de l'état où nous étions tous ? Guitaut était nu en chemise, avec des chausses ; Mme de Guitaut était nu-jambes, et avait perdu une de ses mules de chambre ; Mme de Vauvineux était en petite jupe, sans robe de chambre ; tous les valets, tous les voisins, en bonnets de nuit. L'Ambassadeur était en robe de chambre et en perruque, et conserva fort bien la gravité de la Sérénissime [1]. Mais son secrétaire était admirable ; vous parlez de la poitrine d'Hercule ! Vraiment, celle-ci était bien autre chose ; on la voyait tout entière : elle est blanche, grasse, potelée, et surtout sans aucune chemise, car le cordon qui la devait attacher avait été perdu à la bataille. Voilà les tristes nouvelles de notre quartier. Je prie M. Deville* de faire tous les soirs une ronde pour voir si le feu est éteint partout ; on ne saurait avoir trop de précaution pour éviter ce malheur. Je souhaite, ma bonne, que l'eau [2] vous ait été favorable ; en un mot, je vous souhaite tous les biens, et prie Dieu qu'il vous garantisse de tous les maux. [...]

1. ***La Sérénissime*** : la république de Venise.
2. L'« eau » renvoie ici au Rhône que la comtesse devait traverser pour rejoindre la Provence.

■ L'art de la coiffure expliqué à sa fille

Fine observatrice et coquette, la marquise est attentive à la mode féminine de son époque. Mais, là encore, il s'agit de saisir l'air du temps pour sa fille éloignée : les plus infimes détails cristallisent l'amour maternel et en constituent la preuve tangible.

Dans la lettre du 21 mars 1671, l'épistolière renseigne Mme de Grignan sur la nouvelle coiffure en vogue à Paris, lui annonçant de surcroît l'envoi d'une poupée pour que sa coiffeuse puisse s'en inspirer.

La description minutieuse de cette coiffure permet à Mme de Sévigné d'exprimer tout l'intérêt qu'elle porte à sa fille, de ressusciter le souvenir de la comtesse au moment où elle rédige son courrier et de rendre un hommage à peine voilé à la beauté de sa correspondante.

(8). À MME DE GRIGNAN

À Paris, ce samedi 4 avril 1671.

Je vous mandai [1] l'autre jour la coiffure de Mme de Nevers*, et dans quel excès la Martin* avait poussé cette mode ; mais il y a une certaine médiocrité [2] qui m'a charmée, et qu'il faut vous apprendre, afin que vous ne vous amusiez plus à faire cent petites
5 boucles sur vos oreilles, qui sont défrisées en un moment, qui siéent mal, et qui ne sont non plus à la mode présentement que la coiffure de la reine Catherine de Médicis [3]. Je vis hier la duchesse de Sully* et la comtesse de Guiche* ; leurs têtes sont charmantes : je suis rendue. Cette coiffure est faite justement pour votre visage ;
10 vous serez comme un ange, et cela est fait en un moment. Tout ce qui me fait de la peine, c'est que cette fontaine [4] de la tête,

---

1. ***Mandai*** : voir note 5, p. 34.
2. ***Médiocrité*** : ici, modération, juste milieu, équilibre (sens étymologique).
3. La mort de Catherine de Médicis (1519-1589) remontait à près de quatre-vingts ans. Sa coiffure n'était donc plus du tout de saison.
4. ***Fontaine*** : fontanelle, c'est-à-dire endroit où aboutissent les deux sutures osseuses du crâne. Découvrir cette partie de la tête peut entraîner une hypersensibilité au froid, notamment des dents.

découverte, me fait craindre pour les dents. Voici ce que *Trochanire*[1], qui vient de Saint-Germain, et moi, allons vous faire entendre si nous pouvons. Imaginez-vous une tête blonde partagée à la paysanne[2] jusqu'à deux doigts du bourrelet[3] : on coupe ses cheveux de chaque côté, d'étage en étage, dont on fait de grosses boucles rondes et négligées, qui ne viennent point plus bas qu'un doigt au-dessous de l'oreille ; cela fait quelque chose de fort jeune et de fort joli, et comme deux gros bouquets de cheveux de chaque côté. Il ne faut pas couper les cheveux trop court ; car comme il les faut friser naturellement, les boucles qui en emportent[4] beaucoup ont attrapé plusieurs dames, dont l'exemple doit faire trembler les autres. On met les rubans comme à l'ordinaire, et une grosse boucle nouée entre le bourrelet et la coiffure ; quelquefois on la laisse traîner jusque sur la gorge. Je ne sais si nous vous avons bien représenté cette mode ; je ferai coiffer une poupée pour vous envoyer ; et puis, au bout de tout cela, je meurs de peur que vous ne daigniez point prendre toute cette peine, et que vous ne mettiez une coiffe jaune comme une petite chère[5]. Ce qui est vrai, c'est que la coiffure que fait Montgobert* n'est plus supportable. Du reste, consultez votre paresse et vos dents ; mais ne m'empêchez pas de souhaiter de pouvoir vous voir coiffée ici comme les autres. Je vous vois, vous me paraissez, et cette coiffure est faite pour vous ; mais qu'elle est ridicule à de certaines dames, dont l'âge ou la beauté ne conviennent pas !

---

1. C'est le surnom que Mme de Sévigné donne à son amie Mme de La Troche*, aux côtés de qui elle écrit cette lettre.

2. ***Partagée à la paysanne*** : présentant une raie au milieu.

3. ***Bourrelet*** : tortillon de cheveux ramassés en chignon.

4. ***Emportent*** : séduisent.

5. ***Chère*** : précieuse, dans le vocabulaire particulier des deux correspondantes.

■ *Françoise-Marguerite de Sévigné, comtesse de Grignan.*
Portrait attribué à Pierre Mignard (1612-1695).

II. La correspondance de la marquise à sa fille ou le roman de l'amour maternel

Le départ de Mme de Grignan, qui rejoint son mari en Provence en février 1671, est ressenti par Mme de Sévigné comme une situation de crise, au sens que le théâtre donne à ce mot : un moment caractérisé par un changement subit et généralement décisif. Les consciences des deux femmes deviennent alors résolument opaques l'une pour l'autre, ce qui ajoute aux désaccords du passé. En effet, des dissonances entre la marquise et sa fille étaient apparues bien avant la séparation et semblaient liées à l'opposition de leurs caractères respectifs. À l'ouverture de cette correspondance, l'épistolière s'attache donc à dissiper les nuages de la mésentente (lettre 9) et à rechercher la transparence des cœurs. Pour cela, elle engage vivement son interlocutrice à coucher sur le papier ses états d'âme, à lui donner tous les détails de son existence ; mais, en retour, elle s'oblige à ne pas l'accabler de manifestations de tendresse trop excessives. Ainsi, l'échange épistolaire inaugure une nouvelle ère dans les relations entre la marquise et sa fille (lettre 10). Cependant, les retrouvailles – notamment en 1672-1673 et 1676-1677 – ne se montrent pas toujours à la hauteur des déclarations d'amitié tendre contenues dans les lettres. C'est peut-être le signe que l'épistolaire a bâti, au même titre qu'un roman précieux, une sorte de fiction amoureuse.
Au demeurant, Mme de Sévigné s'est installée d'emblée dans une posture de refus et d'ignorance des conventions imposées par l'*habitus* littéraire galant, jugé par elle trop scolaire et réglé. Sa passion pour sa fille réclamait un mode d'expression nouveau et appelait aussi la comparaison avec l'amour conjugal et l'amour du Créateur, qui tournait à l'avantage de la première. Aussi les lettres à la

comtesse se donnent-elles à lire comme de véritables déclarations amoureuses (lettres 11 et 12), où le lexique de la religion relaye parfois celui du sentiment pour traduire, sans l'affadir, l'affectivité maternelle. Jugée exceptionnelle par les contemporains, l'inclination amoureuse de la marquise pour Mme de Grignan n'avait rien de scandaleux puisque la conception des liens entre époux au XVIIe siècle rendait possible l'assimilation des deux types de relations[1]; tout juste cela pouvait-il froisser le comte. Mais l'attachement si grand à une créature terrestre pouvait être conçu comme une forme d'idolâtrie (lettre 13); loin de se sentir pécheresse dans l'ordre de la chair, Mme de Sévigné voyait pourtant dans les pensées continuelles qu'elle avait pour sa fille plutôt que pour Dieu un obstacle à son salut. Les motifs de la passion déraisonnable et de l'amour aliénant – au regard du bon sens et de la foi – rapprochent la correspondance d'une tradition romanesque qui en avait fait les ressorts puissants de ses intrigues amoureuses et qu'avaient illustrée, en 1669, les *Lettres portugaises*[2].

Ce que les romanciers du XVIIe siècle, auteurs de fictions épistolaires notamment, ont élaboré au moyen de stratégies narratives, la marquise l'a avant tout senti et restitué sans artifice dans les lettres adressées à Mme de Grignan. Mais l'effet produit par l'épistolière n'en reste pas moins semblable à celui recherché par les écrivains. C'est sans doute la raison pour laquelle, en certains endroits de la correspondance, la réalité apparaît comme vécue sur le mode du romanesque: on y retrouve, par exemple, le motif, cher au roman précieux, du portrait de l'être aimé, qui ne quitte pas Mme de Sévigné en l'absence de sa fille (lettre 14). En outre, l'obsession de la présence – toujours récusée par l'acte épistolaire lui-même – implique sous la plume de la marquise un recours à cet instrument par excellence de la fiction qu'est l'imagination (lettre 15). Aussi, les lettres ont-elles construit au fil des années leur univers propre et ont-elles élaboré leur système de références autonome; on peut donc les lire comme une histoire d'amour dont les progrès se mesurent au fur et à mesure des envois (lettre 16).

1. Au temps des mariages de raison, l'amour conjugal se réduisait souvent à une inclination tendre qui autorisait la comparaison avec d'autres formes d'affection et notamment avec celle d'une mère pour sa fille.
2. Voir dossier, p. 138.

■ *Mme de Sévigné.*
Peinture attribuée à Pierre Mignard (1612-1695).

1. Une passion de papier

Le passé des relations : les vieux fantômes

Dès le 9 février 1671, soit quelques jours après le départ de Mme de Grignan pour la Provence, la marquise lui écrit : « Tout ce que vous avez laissé d'amitié ici est augmenté » (lettre 10). C'est donc l'aveu que l'éloignement a produit un gain d'affection, voire d'amour, particulièrement chez la mère. Cependant, Mme de Sévigné déplore l'absence de sa fille et, si elle aime écrire à la comtesse, elle se refuse à voir la séparation se prolonger indéfiniment. Un des buts assignés aux lettres adressées à Mme de Grignan demeure bien de l'inciter à regagner Paris pour retrouver sa mère. S'appuyant sur cette tendresse augmentée et éludant les souvenirs de la mésentente, Mme de Sévigné regarde résolument l'horizon des retrouvailles : elle dénie à l'éloignement la vertu d'avoir rétabli la concorde entre sa fille et elle. C'est dans cet esprit qu'elle prend la plume le 6 mai 1671.

Le retour sur le passé n'est pas l'occasion d'approfondir la cause des querelles anciennes ; il se présente davantage comme le moyen d'exprimer l'espoir d'une parfaite harmonie des cœurs. Adressées sous la forme d'une prière, les paroles de l'épistolière dissimulent une obligation. Les tournures négatives et concessives [1] des phrases, comme l'emploi du conditionnel, marquent la circonspection de Mme de Sévigné.

Cette réserve s'éclaire à la lumière du caractère respectif des correspondantes : trop encline à la réunion, la marquise doit se garder de ruiner ce que la distance et l'épistolaire ont précairement construit et refréner ses élans trop vifs d'amitié, qui pourraient importuner sa fille.

---

1. Les tournures concessives indiquent une restriction ou une opposition.

(9). À MME DE GRIGNAN

À Paris, mercredi 6 mai 1671.

Je vous prie, ma bonne, ne donnons point désormais à l'absence le mérite d'avoir remis entre nous une parfaite intelligence[1], et de mon côté la persuasion de votre tendresse pour moi : quand elle aurait part à cette dernière chose, puisqu'elle l'a établie pour jamais, regrettons un temps où je vous voyais tous les jours, vous, ma bonne, qui êtes le charme de ma vie et de mes yeux ; où je vous entendais, vous dont l'esprit touche mon goût plus que tout ce qui m'a jamais plu. N'allons point faire une séparation de votre aimable vue et de votre amitié : il y aurait trop de cruauté à séparer ces deux choses, et quoi que M. de Grignan dise, c'est une folie ; je veux plutôt croire que le temps est venu que ces deux choses marcheront ensemble, que j'aurai le plaisir de vous voir sans mélange d'aucun nuage, et que je réparerai toutes les injustices passées, puisque vous voulez les nommer ainsi. Après tout, combien de bons moments que je ne puis assez regretter, et que je regrette aussi avec des larmes et des tendresses qui ne peuvent jamais finir ! Ce discours même n'est pas bon pour mes yeux, qui sont d'une faiblesse étrange ; et je me sens dans une disposition qui m'oblige à finir cet endroit. Il faut pourtant que je vous dise encore que je regarde le temps où je vous verrai comme le seul que je désire à présent, et qui peut m'être agréable dans la vie. Dans cette pensée vous devez croire que pour mon intérêt et pour diminuer toutes mes inquiétudes, qui vont être augmentées jusqu'à devenir insupportables, je ne trouverais aucun trajet qui ne fût court ; mais j'ai de grandes conversations avec d'Hacqueville* ; nous voyons ensemble d'autres intérêts, et les miens le cèdent à ceux-là[2]. Il est témoin de tous mes sentiments ; il voit mon cœur sur votre sujet : c'est lui qui se

---

1. ***Intelligence*** : ici, entente.
2. ***Les miens le cèdent à ceux-là*** : ceux-là prennent le pas sur les miens.

charge de vous les faire entendre, et de vous mander[1] ce que nous
30 résolvons. Dans cette vue, c'est lui qui veut que j'avale toute l'amertume d'être loin de vous plutôt que de ne pas faire un voyage qui vous soit utile[2]. Je cède à toutes ces raisons, et je crois ne pouvoir m'égarer avec un si bon guide.

Parlons de votre santé[3] ; est-il possible que le carrosse ne vous
35 fasse point de mal ? N'y allez point longtemps de suite ; reposez-vous souvent. Je vis hier Mme de Guise* ; elle me chargea de vous faire mille amitiés, et de vous dire comme elle a été trois jours à l'extrémité[4], Mme Robinet* n'y voyant plus goutte, et tout cela pour s'être agitée, sur la foi de sa première couche, sans se donner
40 aucun repos. L'agitation continuelle, qui ne donne pas le temps à un enfant de se pouvoir remettre à sa place, quand il a été ébranlé, fait une couche avancée, qui est très souvent mortelle. Je lui promis de vous donner toutes ces instructions pour quand vous en auriez besoin, et de vous dire tous les repentirs qu'elle
45 avait d'avoir perdu l'âme et le corps de son enfant. Je m'acquitte exactement de cette commission, dans l'espérance qu'elle vous sera utile. Je vous conjure, mon enfant, d'avoir un soin extrême de votre santé : vous n'avez que cela à faire.

Votre monsieur[5], qui dépeint mon esprit juste et carré,
50 composé, étudié, l'a très bien *dévidé*[6], comme disait cette diablesse[7]. J'ai fort ri de ce que vous m'en écrivez, et vous ai plainte de n'avoir personne à regarder pendant qu'il me louait si bien ; je voudrais au moins avoir été derrière la tapisserie. Je vous

---

1. ***Mander*** : voir note 5, p. 34.
2. Mme de Sévigné hésitait à se rendre aux Rochers où elle devait régler des affaires financières.
3. Mme de Grignan attend son deuxième enfant, Louis-Provence*, qui naîtra en novembre.
4. ***À l'extrémité*** : à l'article de la mort.
5. On ignore le nom de cet homme mais le titre qui lui est donné a certainement ici une valeur ironique.
6. ***Dévidé*** : « expliqué » mais aussi « vidé de sa substance ».
7. On ignore l'identité de la « diablesse ».

remercie, ma bonne, de toutes les honnêtetés que vous avez faites
55 à La Brosse*: c'est une belle chose qu'une vieille lettre[1]; il y a longtemps que je les trouve encore pires que les vieilles gens: tout ce qui est dedans est une vraie radoterie[2]. Vous êtes bien en peine de ce rhume. Ce fut aussi dans cette lettre-là que je voulus vous en parler.

60 Il est vrai que j'aime votre fille; mais vous êtes une friponne de me parler de jalousie; il n'y a ni en vous ni en moi de quoi la pouvoir composer. C'est une imperfection dont vous n'êtes point capable, et je ne vous en donne non plus de sujet que M. de Grignan. Hélas! quand on trouve en son cœur toutes les préférences,
65 et que rien n'est en comparaison, de quoi pourrait-on donner de la jalousie à la jalousie même? Ne parlons point de cette passion; je la déteste: quoiqu'elle vienne d'un fonds adorable, les effets en sont trop cruels et trop haïssables.

Je vous prie de ne point faire des songes si tristes de moi: cela
70 vous émeut et vous trouble. Hélas! ma bonne, je suis persuadée que vous n'êtes que trop vive et trop sensible sur ma vie et sur ma santé (vous l'avez toujours été), et je vous conjure aussi, comme j'ai toujours fait, de n'en être point en peine. J'ai une santé au-dessus de toutes les craintes ordinaires; je vivrai pour vous aimer,
75 et j'abandonne ma vie à cette occupation, et à toute la joie, et à toute la douceur, à tous les égarements, et à toutes les mortelles inquiétudes, et enfin à tous les sentiments que cette passion me pourra donner. [...]

---

1. M. de La Brosse avait demandé à la marquise une lettre pour l'introduire auprès de Mme de Grignan. Elle avait accédé à sa requête le 15 mars 1671 tout en jugeant que la démarche était inutile. Dans cette missive, elle informait aussi la comtesse qu'elle avait eu un «épouvantable rhume». Mme de Grignan devait sans doute y faire référence dans un courrier adressé à sa mère et auquel répond la présente lettre. L'épistolière considère alors avec humour les propos qu'elle tenait deux mois auparavant.

2. ***Radoterie***: néologisme formé sur le verbe «radoter», qui signifie «tenir des propos décousus, dépourvus de sens».

■ Un commerce inédit : la transparence des cœurs

Écrire à sa fille, c'est pour la marquise apprendre à « glisser sur bien des pensées » pour ne pas heurter la personnalité introvertie de Mme de Grignan ; c'est aussi admettre que la lettre vient toujours trop tard, ne cerne l'événement qu'après coup et ne rassure jamais au moment voulu. Mme de Sévigné engageait donc sa fille à écrire fréquemment pour réduire les décalages temporels qui sont le lot de toute relation épistolaire ; elle la persuadait aussi de la nécessité de s'épancher, de laisser libre cours aux mouvements de son cœur en gageant son propre bonheur sur les courriers reçus. Pourtant, la transparence tant désirée n'était véritablement instaurée que dans le présent de l'écriture épistolaire, qui toutefois la révoquait aussitôt. L'acuité de la perception était telle chez Mme de Sévigné qu'elle se trouvait bel et bien transportée, au plan de la lettre, en lieu et place où la comtesse avait momentanément élu résidence.

La lettre du 9 février 1671 est envoyée alors que Mme de Grignan n'a pas encore achevé son voyage jusqu'en Provence. Comme pour conjurer l'éloignement et son angoisse, la marquise s'identifie à un membre de l'équipage qui emporte sa fille loin d'elle.

Le subterfuge épistolaire qui consiste à se faire présent quand on est éloigné, à traiter des nouvelles de la veille comme si elles étaient toujours d'actualité, à converser avec l'absent bien qu'il soit occupé ailleurs, inaugure une relation nouvelle, paradoxalement plus immédiate, entre mère et fille.

(10). À MME DE GRIGNAN

À Paris, lundi 9 février 1671.

Je reçois vos lettres, ma bonne, comme vous avez reçu ma bague ; je fonds en larmes en les lisant ; il semble que mon cœur veuille se fendre par la moitié ; il semble que vous m'écriviez des injures ou que vous soyez malade ou qu'il vous soit arrivé quelque
5 accident, et c'est tout le contraire : vous m'aimez, ma chère enfant,

et vous me le dites d'une manière que je ne puis soutenir sans des pleurs en abondance. Vous continuez votre voyage sans aucune aventure fâcheuse ; et lorsque j'apprends tout cela, qui est justement tout ce qui me peut être le plus agréable, voilà l'état où je suis. Vous vous avisez donc de penser à moi, vous en parlez, et vous aimez mieux m'écrire vos sentiments que vous n'aimez à me les dire. De quelque façon qu'ils me viennent, ils sont reçus avec une tendresse et une sensibilité qui n'est comprise que de ceux qui savent aimer comme je fais. Vous me faites sentir pour vous tout ce qu'il est possible de sentir de tendresse ; mais, si vous songez à moi, ma pauvre bonne, soyez assurée aussi que je pense continuellement à vous : c'est ce que les dévots appellent une pensée habituelle ; c'est ce qu'il faudrait avoir pour Dieu[1], si l'on faisait son devoir. Rien ne me donne de distraction ; je suis toujours avec vous ; je vois ce carrosse qui avance toujours et qui n'approchera jamais de moi : je suis toujours dans les grands chemins ; il me semble même que j'ai quelquefois peur qu'il ne verse[2] ; les pluies qu'il fait depuis trois jours me mettent au désespoir ; le Rhône me fait une peur étrange. J'ai une carte devant les yeux ; je sais tous les lieux où vous couchez : vous êtes ce soir à Nevers, et vous serez dimanche à Lyon, où vous recevrez cette lettre. Je n'ai pu vous écrire qu'à Moulins[3] par Mme de Guénégaud*. Je n'ai reçu que deux de vos lettres ; peut-être que la troisième viendra ; c'est la seule consolation que je souhaite ; pour d'autres, je n'en cherche pas. Je suis entièrement incapable de voir beaucoup de monde ensemble ; cela viendra peut-être, mais il n'est pas venu. Les duchesses de Verneuil* et d'Arpajon* me veulent réjouir ; je les prie de

---

1. Mme de Sévigné rapproche couramment l'amour pour sa fille de celui qu'on doit au Créateur. Loin de considérer comme sacrilège cette comparaison, elle y voit le moyen de rehausser encore la passion qu'elle voue à la comtesse.

2. ***Qu'il ne verse*** : qu'il ne se renverse.

3. Moulins, dans l'Allier, où demeure Mme de Guénégaud, se trouve sur le trajet effectué par la comtesse pour se rendre en Provence. Mme de Sévigné confie donc à la première une lettre destinée à Mme de Grignan.

m'excuser encore. Je n'ai jamais vu de si belles âmes qu'il y en a en ce pays-ci. Je fus samedi tout le jour chez Mme de Villars * à parler
35 de vous, et à pleurer ; elle entre bien dans mes sentiments. Hier je fus au sermon de Monsieur d'Agen * et au salut [1] ; chez Mme de Puisieux *, chez Monsieur d'Uzès *, et chez Mme du Puy-du-Fou *, qui vous fait mille amitiés. Si vous aviez un petit manteau fourré, elle aurait l'esprit en repos. Aujourd'hui je m'en vais souper au
40 faubourg [2], tête à tête. Voilà les fêtes de mon carnaval [3]. Je fais tous les jours dire une messe pour vous : c'est une dévotion qui n'est pas chimérique. Je n'ai vu Adhémar * qu'un moment ; je m'en vais lui écrire pour le remercier de son lit [4] ; je lui en suis plus obligée que vous. Si vous voulez me faire un véritable plaisir, ayez soin de votre
45 santé, dormez dans ce joli petit lit, mangez du potage, et servez-vous de tout le courage qui me manque. Je ferai savoir des nouvelles de votre santé. Continuez de m'écrire. Tout ce que vous avez laissé d'amitié ici est augmenté : je ne finirais point à vous faire des baisemains et à vous dire l'inquiétude où l'on est de votre santé.

50 Mlle d'Harcourt * fut mariée avant-hier ; il y eut un grand souper maigre à toute la famille ; hier un grand bal et un grand souper au Roi, à la Reine, à toutes les dames parées : c'était une des plus belles fêtes qu'on puisse voir.

Mme d'Heudicourt * est partie avec un désespoir inconcevable,
55 ayant perdu toutes ses amies, convaincue de tout ce que Mme Scarron * avait toujours défendu, et de toutes les trahisons du monde [5].

---

1. ***Salut*** : court office du soir qui se termine par la bénédiction du saint sacrement (l'eucharistie).

2. La marquise devait se rendre chez Mme de Lafayette * qui habitait le faubourg Saint-Germain.

3. ***Carnaval*** : période réservée aux divertissements, allant du jour des Rois (Épiphanie) au carême (mercredi des Cendres).

4. Il s'agit d'un lit portatif, moins inconfortable que ceux mis à disposition dans les auberges.

5. Mme d'Heudicourt découvrit le secret des bâtards royaux et le rendit public. Pour cette raison, elle fut écartée de la cour. Elle soupçonnait Mme Scarron, devenue Mme de Maintenon *, d'être responsable de sa disgrâce.

Mandez-moi[1] quand vous aurez reçu mes lettres. Je fermerai tantôt celle-ci, avant que d'aller au faubourg.

Lundi au soir.

Je fais mon paquet[2], et l'adresse à Monsieur l'Intendant à
60 Lyon. La distinction de vos lettres m'a charmée : hélas ! je la méritais bien par la distinction de mon amitié pour vous.

Mme de Fontevrault* fut bénite hier ; MM. les prélats furent un peu fâchés de n'y avoir que des tabourets[3].

Voici ce que j'ai su de la fête d'hier. Toutes les cours de l'hôtel
65 de Guise étaient éclairées de deux mille lanternes. La Reine entra d'abord dans l'appartement de Mme de Guise*, fort éclairé, fort paré ; toutes les dames se mirent à genoux autour d'elle, sans distinction de tabourets : on soupa dans cet appartement. Il y avait quarante dames à table ; le souper fut magnifique. Le Roi
70 vint, et fort gravement regarda tout sans se mettre à table ; on monta en haut, où tout était préparé pour le bal. Le Roi mena la Reine, et honora l'assemblée de trois ou quatre courantes[4], et puis s'en alla souper au Louvre avec sa compagnie ordinaire. Mademoiselle* ne voulut point venir à l'hôtel de Guise. Voilà
75 tout ce que je sais.

Je veux voir le paysan de Sully qui m'apporta hier votre lettre ; je lui donnerai de quoi boire : je le trouve bien heureux de vous avoir vue. Hélas ! comme un moment me paraîtrait, et que j'ai de regret à tous ceux que j'ai perdus ! Je me fais des dragons[5] aussi

---

1. ***Mandez-moi*** : voir note 5, p. 34.
2. ***Paquet*** : voir note 1, p. 54.
3. Marie-Madeleine de Rochechouart-Mortemart succédait à Jeanne-Baptiste de Bourbon, décédée, comme abbesse de Fontevrault. Elle était la sœur de Mme de Montespan* et la cérémonie de son intronisation attira nombre de princes du sang. Cette assistance nombreuse explique que les prélats aient été privés de tabourets.
4. ***Courantes*** : danses sur un air à trois temps.
5. Le terme « dragons » dans les lettres à Mme de Grignan signifie « inquiétudes ».

80 bien que les autres. D'Irval* a ouï parler de *Mélusine*[1]. Il dit que c'est bien employé, qu'il vous avait avertie de toutes les plaisanteries qu'elle avait faites à votre première couche[2] ; que vous ne daignâtes pas l'écouter ; que depuis ce temps-là il n'a point été chez vous. Il y a longtemps que cette créature-là parlait très mal
85 de vous ; mais il fallait que vous en fussiez persuadée par vos yeux. Et notre Coadjuteur*, ne voulez-vous pas bien l'embrasser pour l'amour de moi ? N'est-il point encore Seigneur Corbeau[3] pour vous ? Je désire avec passion que vous soyez remis comme vous étiez. Hé ! ma pauvre fille ! hé ! mon Dieu ! a-t-on bien
90 du soin de vous ? Il ne faut jamais vous croire sur votre santé : voyez ce lit que vous ne vouliez point ; tout cela est comme Mme Robinet*[4].

Adieu, ma chère enfant, l'unique passion de mon cœur, le plaisir et la douleur de ma vie. Aimez-moi toujours ; c'est la seule
95 chose qui me peut donner de la consolation.

2. Des missives en forme de déclarations amoureuses

■ Le discours amoureux

Les lettres adressées à Mme de Grignan rendaient compte d'une passion présentée comme exceptionnelle et de la douleur indicible causée par celle-ci. L'épistolière a donc dû chercher un langage approprié à l'originalité de son histoire d'amour maternel avec la comtesse.

---

1. ***Mélusine*** : surnom donné à Françoise de Montalais, comtesse de Marans.
2. Mme de Grignan avait fait une fausse couche en 1669.
3. Le Coadjuteur devait ce surnom à son teint sombre. Mme de Sévigné veut ici savoir si celui-ci est d'humeur à supporter les plaisanteries, ce qui signifierait qu'il n'est plus brouillé avec la comtesse.
4. Allusion à l'imprévoyance de Mme de Grignan qui avait appelé trop tard la sage-femme pour la naissance de sa fille Marie-Blanche*.

Elle a d'emblée rejeté la rhétorique épistolaire galante, jugée par elle trop convenue.

La lettre écrite le 1er avril 1671 permet de mesurer, au travers du langage, l'écart entre l'affection courante et la passion d'une mère pour sa fille. Mme de Sévigné transmet à la comtesse les témoignages de sympathie dont l'ont honorée des proches pour ensuite déclarer sa flamme. Ce passage met en place un système d'oppositions fondé sur un chiasme. La figure de style invalide le lexique des relations mondaines au profit de la seule sincérité maternelle. La surenchère numérique, volontiers hyperbolique, dans la première partie de la missive, fait ressortir avec force la profession de foi antigalante et quasi religieuse qui occupe la seconde. Le retour à une expression naturelle, jusqu'à la fin de la lettre, signifie que la parole, débarrassée de ses oripeaux mondains, peut servir la passion maternelle dont l'effusion n'a pas à voir avec la performance verbale mais avec l'authenticité du lien affectif.

L'extrait contient en filigrane une réflexion sur le langage : en abusant des formules de la galanterie, la marquise les récuse ; en détournant un vocabulaire qui relevait habituellement de la religion, elle renouvelle l'expression amoureuse.

(11). À MME DE GRIGNAN

À Paris, mercredi 1er avril 1671.

[...] Mme de Vauvineux* vous rend mille grâces ; sa fille a été très mal. Mme d'Arpajon* vous embrasse mille fois, et surtout M. Le Camus* vous adore[1] ; et moi, ma pauvre bonne, que pensez-vous que je fasse ? Vous aimer, penser à vous, m'attendrir
5 à tout moment plus que je ne voudrais, m'occuper de vos affaires,

1. La rhétorique galante s'était emparée du verbe « adorer » ; celui-ci servait à consigner les marques de relations mondaines peu intimes. L'épistolière le réserve donc, dans la correspondance, à l'affection des tiers pour Mme de Grignan et, pour exprimer ses sentiments, lui préfère le verbe « aimer » qui, employé isolément, dénote l'affection de manière absolue.

m'inquiéter de ce que vous pensez ; sentir vos ennuis et vos peines, les vouloir souffrir pour vous, s'il était possible ; écumer votre cœur, comme j'écumais votre chambre des fâcheux dont je la voyais remplie ; en un mot, ma bonne, comprendre vivement
10 ce que c'est d'aimer quelqu'un plus que soi-même : voilà comme je suis. C'est une chose qu'on dit souvent en l'air ; on abuse de cette expression. Moi, je la répète et sans la profaner jamais, je la sens tout entière en moi, et cela est vrai.

Je reçois, ma bonne, votre grande et très aimable lettre du 24.
15 M. de Grignan est plaisant de croire qu'on ne les lit qu'avec peine ; il se fait tort. Veut-il que nous croyions qu'il n'a pas toujours lu les vôtres avec transport ? Si cela n'était pas, il en était bien indigne. Pour moi, je les aime jusqu'à la folie ; je les lis et les relis ; elles me réjouissent le cœur ; elles me font pleurer ; elles sont écrites à ma
20 fantaisie. Une seule chose ne va pas bien : il n'y a pas de raison à toutes les louanges que vous me donnez ; il n'y en a point aussi à la longueur de cette lettre ; il faut la finir, et mettre des bornes à ce qui n'en aurait point, si je me croyais. Adieu, ma très aimable bonne, comptez bien sur ma tendresse, qui ne finira jamais.

Si Mme de Sévigné, pour écrire sa passion, récuse l'aide de termes dont l'usage a affaibli la signification, elle ressent aussi les carences d'un langage incapable d'exprimer la richesse d'une expérience hors norme. À l'insuffisance d'un lexique dont elle refuse les outrances, elle oppose sa propre inventivité langagière, nourrie notamment par le lyrisme amoureux.

Caractérisée par une affectivité extrême, la lettre du 31 mai 1671, écrite des Rochers où la marquise séjourne en compagnie de son fils, emprunte les isotopies sémantiques et rhétoriques propres au discours amoureux : les thèmes respectifs du temps et de la nature sont rattachés au souvenir de l'être aimé ; l'analyse domine largement ; l'amplitude du rythme, l'emploi des interrogatives et l'expressivité de la ponctuation se mettent au service d'une forme de complainte.

En outre, la missive se livre à un véritable travail sur le signifié : le verbe « mourir », en particulier, se défait de sa connotation littéraire précieuse et reprend son sens littéral.

(12). À MME DE GRIGNAN

Aux Rochers, dimanche 31 mai 1671.

Enfin, ma fille, nous voici dans ces pauvres Rochers. Quel moyen de revoir ces allées, ces devises[1], ce petit cabinet, ces livres, cette chambre, sans mourir de tristesse ? Il y a des souvenirs agréables, mais il y en a de si vifs et de si tendres, qu'on a peine à les 5 supporter : ceux que j'ai de vous sont de ce nombre. Ne comprenez-vous point l'effet que cela peut faire dans un cœur comme le mien ?

Si vous continuez de vous bien porter, ma chère enfant, je ne vous irai voir que l'année qui vient : la Bretagne et la Provence ne sont pas compatibles. C'est une chose étrange que les grands 10 voyages : si l'on était toujours dans le sentiment qu'on a quand on arrive, on ne sortirait jamais du lieu où l'on est ; mais la Providence fait qu'on oublie ; c'est la même qui sert aux femmes qui sont accouchées. Dieu permet cet oubli, afin que le monde ne finisse pas et que l'on fasse des voyages en Provence. Celui que 15 j'y ferai me donnera la plus grande joie que je puisse recevoir dans ma vie ; mais quelles pensées tristes de ne voir point de fin à votre séjour ! J'admire et je loue de plus en plus votre sagesse. Quoique, à vous dire le vrai, je sois fortement touchée de cette impossibilité, j'espère qu'en ce temps-là nous verrons les choses 20 d'une autre manière ; il faut bien l'espérer ; car sans cette consolation, il n'y aurait qu'à mourir. J'ai quelquefois des rêveries dans ces bois d'une telle noirceur, que j'en reviens plus changée que d'un accès de fièvre.

---

1. ***Devises*** : sentences exprimant une pensée, un sentiment, un mot d'ordre. Comme la fin de la lettre le suggère, elles sont ici gravées sur l'écorce des arbres des Rochers.

■ *Le Château* des *Rochers*. Lithographie, 1869.
Installé sur un coteau rocheux, le manoir breton des Rochers était vieux de deux siècles quand Mme de Sévigné en fit sa demeure provinciale. Elle le tenait de son mari et mit plusieurs années à se familiariser avec l'endroit dont elle déplorait le climat et la société. Mais elle se l'appropria progressivement, goûtant un peu plus, à chacune de ses visites, aux charmes du domaine : elle appréciait plus particulièrement la solitude des allées du parc, la beauté des jardins et les heures passées, sans contraintes, à

Il me paraît que vous ne vous êtes point ennuyée à Marseille[1]. 25 Ne manquez pas de me mander[2] comme vous aurez été reçue à Grignan. Ils avaient fait ici une manière d'entrée à mon fils. Vaillant* avait mis plus de quinze cents hommes sous les armes, tous fort bien habillés, un ruban neuf à la cravate. Ils vont en très bon ordre nous attendre à une lieue[3] des Rochers. Voici un bel 30 incident : Monsieur l'Abbé* avait mandé que nous arriverions le mardi, et puis tout d'un coup il l'oublie ; ces pauvres gens attendent le mardi jusqu'à dix heures du soir ; et quand ils sont tous retournés chacun chez eux, bien tristes et bien confus, nous arrivons paisiblement le mercredi, sans songer qu'on eût mis une 35 armée en campagne pour nous recevoir. Ce contretemps nous a fâchés ; mais quel remède ? Voilà par où nous avons débuté.

Mlle du Plessis* est tout justement comme vous l'avez laissée ; elle a une nouvelle amie à Vitré, dont elle se pare, parce que c'est un bel esprit qui a lu tous les romans, et qui a reçu deux lettres de 40 la princesse de Tarente*. J'ai fait dire méchamment par Vaillant que j'étais jalouse de cette nouvelle amitié, que je n'en témoignerais rien, mais que mon cœur était saisi : tout ce qu'elle a dit là-dessus est digne de Molière. C'est une plaisante chose de voir avec quel soin elle me ménage, et comme elle détourne adroitement la 45 conversation pour ne point parler de ma rivale devant moi : je fais aussi fort bien mon personnage.

Mes petits arbres sont d'une beauté surprenante. Pilois* les élève jusqu'aux nues avec une probité admirable. Tout de bon, rien n'est si beau que ces allées que vous avez vues naître. Vous savez que je vous 50 donnai une manière de devise qui vous convenait. Voici un mot que j'ai écrit sur un arbre pour mon fils qui est revenu de Candie[4], *vago di*

---

1. ***Marseille*** : voir note 4, p. 52.
2. ***Mander*** : voir note 5, p. 34.
3. ***Lieue*** : ancienne unité de mesure équivalant à environ quatre kilomètres.
4. ***Candie*** : autre nom de la Crète, théâtre d'affrontements entre Italiens et Turcs au XVIIe siècle. La France avait envoyé des troupes pour soutenir l'Italie, catholique comme elle, contre les « infidèles ».

fama[1] : n'est-il point joli pour n'être qu'un mot ? Je fis écrire hier encore, en l'honneur des paresseux, *bella cosa far niente*[2].

Hélas, ma fille, que mes lettres sont sauvages ! Où est le temps
55 que je parlais de Paris comme les autres ? C'est purement de mes nouvelles que vous aurez ; et voyez ma confiance, je suis persuadée que vous aimez mieux celles-là que les autres. La compagnie que j'ai ici me plaît fort ; notre Abbé est toujours plus admirable ; mon fils et La Mousse* s'accommodent fort bien de moi, et moi
60 d'eux ; nous nous cherchons toujours ; et quand les affaires me séparent d'eux, ils sont au désespoir, et me trouvent ridicule de préférer un compte de fermier aux contes de La Fontaine[3]. Ils vous aiment tous passionnément ; je crois qu'ils vous écriront ; pour moi, je prends les devants, et n'aime point à vous parler en
65 tumulte. Ma fille, aimez-moi donc toujours : c'est ma vie, c'est mon âme que votre amitié ; je vous le disais l'autre jour, elle fait toute ma joie et toutes mes douleurs. Je vous avoue que le reste de ma vie est couvert d'ombre et de tristesse, quand je songe que je la passerai si souvent éloignée de vous.

■ Des sentiments ambigus : la concurrence des amours (maternel, conjugal et pour le Créateur)

Mme de Sévigné a trouvé dans les représentations et les formes d'expression de la passion, à la fois comprise dans son sens biblique[4] et comme sentiment amoureux, le moyen de traduire son excès de sensibilité maternelle sans le gauchir. Aussi la tendre inclination de

1. ***Vago di fama*** : « Amoureux de gloire », en italien. Ce sont les premiers mots d'un sonnet de Ménage (1613-1692).
2. ***Bella cosa far niente*** : « C'est une belle chose de ne rien faire », en italien.
3. Mme de Sévigné s'était rendue aux Rochers pour régler des affaires et délaissait, pour cette raison, la lecture de La Fontaine, auteur qu'elle appréciait pourtant comme en témoigne la citation des *Fables* dans la lettre 14, p. 85-86.
4. Dans les évangiles, la Passion désigne l'arrestation, le procès et la mort du Christ.

la marquise pour sa fille se rend-elle plus proche encore de celle d'un amant pour sa maîtresse et son aveuglement passionné peut-il faire d'elle une impie au regard des croyants. Cependant, l'épistolière était loin de vivre son amour pour Mme de Grignan comme une disposition anormale : elle ne le ressentait pas comme un attachement contre nature. De plus, la tendresse d'une mère pour sa fille offrait au XVIIe siècle des points de comparaison sans équivoque avec le rapport que nouaient les futurs époux au moment du mariage[1].

La lettre écrite les 24 et 26 mars 1671, durant la Semaine sainte[2] que Mme de Sévigné passe à Livry[3], et poursuivie à Paris le 27 mars, d'une part évoque les conflits du cœur et de la foi, et d'autre part fait référence à la sympathie qui existe entre elle et le mari de sa fille.

Le penchant pour la solitude, affirmé dans le premier paragraphe, s'inscrit dans un désir de fuir le monde mais correspond aussi à un vœu de retraite, selon le sens religieux du terme. Il s'agit pour une âme brisée par la séparation de méditer seule. Mme de Sévigné découvre alors l'antagonisme fondamental entre l'amour du Créateur et celui de la créature et s'avoue incapable d'interrompre son commerce avec sa fille.

(13). À MME DE GRIGNAN

À Livry, Mardi saint 24 mars 1671.

Il y a trois heures que je suis ici ma pauvre bonne. Je suis partie de Paris avec l'Abbé * et mes filles[4], dans le dessein de me retirer ici du monde et du bruit jusqu'à jeudi au soir. Je prétends être en solitude ; je fais de ceci une petite Trappe[5] ; je veux y prier Dieu, y

---

1. Voir note 1, p. 62.

2. ***Semaine sainte*** : semaine qui précède le dimanche de Pâques, fête chrétienne commémorant la résurrection du Christ.

3. ***Livry*** : voir présentation, p. 8.

4. ***Mes filles*** : mes domestiques.

5. ***Trappe*** : allusion à l'abbaye bénédictine de Notre-Dame-de-la-Trappe, fondée en 1140 et réformée en 1664. À partir de cette date, elle fut soumise à .../...

5 faire mille réflexions. J'ai dessein d'y jeûner beaucoup par toutes sortes de raisons ; marcher pour tout le temps que j'ai été dans ma chambre, et sur le tout m'ennuyer[1] pour l'amour de Dieu. Mais, ma pauvre bonne, ce que je ferai beaucoup mieux que tout cela, c'est de penser à vous. Je n'ai pas encore cessé depuis que je suis 10 arrivée, et ne pouvant tenir tous mes sentiments, je me suis mise à vous écrire au bout de cette petite allée sombre que vous aimez, assise sur ce siège de mousse où je vous ai vue quelquefois couchée. Mais, mon Dieu, où ne vous ai-je point vue ici ? et de quelle façon toutes ces pensées me traversent-elles le cœur ? Il n'y a point 15 d'endroit, point de lieu, ni dans la maison, ni dans l'église, ni dans le pays, ni dans le jardin, où je ne vous aie vue ; il n'y en a point qui ne me fasse souvenir de quelque chose de quelque manière que ce soit ; et de quelque façon que ce soit aussi, cela me perce le cœur. Je vous vois, vous m'êtes présente ; je pense et repense à tout ; ma tête 20 et mon esprit se creusent : mais j'ai beau tourner, j'ai beau chercher, cette chère enfant que j'aime avec tant de passion est à deux cents lieues[2] de moi ; je ne l'ai plus. Sur cela, je pleure sans pouvoir m'en empêcher ; je n'en puis plus, ma chère bonne : voilà qui est bien faible, mais pour moi, je ne sais point être forte contre une ten-25 dresse si juste et si naturelle. Je ne sais en quelle disposition vous serez en lisant cette lettre. Le hasard peut faire qu'elle viendra mal à propos, et qu'elle ne sera peut-être pas lue de la manière qu'elle est écrite. À cela je ne sais point de remède ; elle sert toujours à me soulager présentement ; c'est tout ce que je lui demande. L'état où 30 ce lieu ici m'a mise est une chose incroyable. Je vous prie de ne point parler de mes faiblesses, mais vous devez les aimer, et respecter mes larmes, qui viennent d'un cœur tout à vous.

.../... une plus grande austérité, bornant les activités à la prière, à la liturgie et au travail manuel.

1. « S'ennuyer » au sens classique signifie « éprouver une tristesse profonde, un dégoût ». Mme de Sévigné décrit ici le mouvement qui consiste à s'oublier pour l'amour de Dieu.

2. ***Deux cents lieues*** : environ huit cents kilomètres ; voir note 3, p. 77.

À Livry, Jeudi saint 26 mars.

Si j'avais autant pleuré mes péchés que j'ai pleuré pour vous depuis que je suis ici, je serais très bien disposée pour faire mes 35 pâques [1] et mon jubilé [2]. J'ai passé ici le temps que j'avais résolu, de la manière dont je l'avais imaginé, à la réserve de votre souvenir [3], qui m'a plus tourmentée que je ne l'avais prévu. C'est une chose étrange qu'une imagination vive, qui représente toutes choses comme si elles étaient encore : sur cela on songe au pré- 40 sent, et quand on a le cœur comme je l'ai, on se meurt. Je ne sais où me sauver de vous : notre maison de Paris m'assomme encore tous les jours, et Livry m'achève. Pour vous, c'est par un effort de mémoire que vous pensez à moi : la Provence n'est point obligée de me rendre à vous, comme ces lieux-ci doivent vous rendre à 45 moi. J'ai trouvé de la douceur dans la tristesse que j'ai eue ici : une grande solitude, un grand silence, un office triste, des Ténèbres [4] chantées avec dévotion (je n'avais jamais été à Livry la Semaine sainte), un jeûne canonique [5], et une beauté dans ces jardins, dont vous seriez charmée : tout cela m'a plu. Hélas ! que je vous y ai 50 souhaitée ! Quelque difficile que vous soyez sur les solitudes, vous auriez été contente de celle-ci ; mais je m'en retourne à Paris par nécessité ; j'y trouverai de vos lettres, et je veux demain aller à la Passion [6] du P. Bourdaloue * ou du P. Mascaron * ; j'ai toujours

---

1. « Faire ses pâques » signifie communier à l'époque de Pâques, conformément aux prescriptions de l'Église.

2. « Faire son jubilé » signifie réaliser un ensemble de pratiques permettant d'obtenir des indulgences, lesquelles ont pour effet de diminuer la peine temporelle que valent les péchés.

3. ***À la réserve de votre souvenir*** : excepté pour votre souvenir.

4. ***Ténèbres*** : offices qui ont lieu l'après-midi des mercredi, jeudi et vendredi de la Semaine sainte.

5. ***Jeune canonique*** : jeune prescrit par l'Église.

6. ***Passion*** : office du Vendredi saint. Mme de Sévigné souhaitait entendre le sermon de Bourdaloue, père jésuite dont les prêches étaient fameux.

honoré les belles passions[1]. Adieu, ma chère Comtesse : voilà ce
55 que vous aurez de Livry ; j'achèverai cette lettre à Paris. Si j'avais eu la force de ne vous point écrire d'ici, et de faire un sacrifice à Dieu de tout ce que j'y ai senti, cela vaudrait mieux que toutes les pénitences du monde ; mais, au lieu d'en faire un bon usage, j'ai cherché de la consolation à vous en parler : ah ! ma bonne, que
60 cela est faible et misérable !

Suite. À Paris, ce Vendredi saint, 27 mars.

[…] J'ai entendu la Passion du Mascaron, qui en vérité a été très belle et très touchante. J'avais grande envie de me jeter dans le Bourdaloue, mais l'impossibilité m'en a ôté le goût : les laquais y étaient dès mercredi, et la presse[2] était à mourir. Je savais qu'il
65 devait redire celle que M. de Grignan et moi entendîmes l'année passée aux jésuites[3] ; et c'était pour cela que j'en avais envie : elle était parfaitement belle, et je ne m'en souviens que comme d'un songe. Que je vous plains d'avoir eu un méchant[4] prédicateur ! Mais pourquoi cela vous fait-il rire ? J'ai envie de vous dire encore
70 ce que je vous dis une fois : « Ennuyez-vous, cela est si méchant. »

Je n'ai jamais pensé que vous ne fussiez pas très bien avec M. de Grignan ; je ne crois pas avoir témoigné que j'en doutasse. Tout au plus, je souhaitais d'en entendre un mot de lui ou de vous, non point par manière de nouvelle, mais pour me confir-
75 mer une chose que je souhaite avec tant de passion. La Provence ne serait pas supportable sans cela, et je comprends bien aisément les craintes qu'il a de vous y voir languir et mourir d'ennui. Nous avons, lui et moi, les mêmes symptômes. Il me mande[5]

1. L'épistolière joue de la syllepse de sens qui porte sur le terme « passion ».
2. ***Presse*** : affluence.
3. Le père Bourdaloue avait prêché à Paris en 1669-1670, dans l'église des jésuites de la rue Saint-Antoine (aujourd'hui Saint-Paul-Saint-Louis). Mme de Sévigné était allée l'entendre en compagnie de son gendre prêcher la Passion de 1670.
4. « Méchant », en antéposition, signifie « mauvais », « ennuyeux ».
5. ***Mande*** : voir note 5, p. 34.

que vous m'aimez : je pense que vous ne doutez pas que ce ne me
80 soit une chose agréable au-delà de tout ce que je puis souhaiter en ce monde ; et par rapport à vous, jugez de l'intérêt que je prends à votre affaire. C'en est fait présentement, et je tremble d'en apprendre le succès.

Le maréchal d'Albret* a gagné un procès de quarante mille
85 livres de rente en fonds de terre. Il rentre dans tout le bien de ses grands-pères, et ruine tout le Béarn. Vingt familles avaient acheté et revendu ; il faut rendre tout cela avec les fruits depuis cent ans : c'est une épouvantable affaire pour les conséquences. Adieu, ma très chère ; je voudrais bien savoir quand je ne penserai plus tant
90 à vous et à vos affaires. Il faut répondre :

Comment pourrais-je vous le dire ?
Rien n'est plus incertain que l'heure de la mort[1].

Je suis fâchée contre votre fille[2] ; elle me reçut mal hier ; elle ne voulut jamais rire. Il me prend quelquefois envie de la mener en
95 Bretagne pour me divertir. J'envoie aujourd'hui mes lettres de bonne heure, mais cela ne fait rien. Ne les envoyiez-vous pas bien tard quand vous écriviez à M. de Grignan ? Comment les recevait-il ? Ce doit être la même chose. Adieu, petit démon qui me détournez ; je devrais être à Ténèbres il y a plus d'une heure.
100 Mon cher Grignan, je vous embrasse. Je ferai réponse à votre jolie lettre.

Je vous remercie, ma bonne, de tous les compliments que vous faites ; je les distribue à propos ; on vous en fait toujours cent mille. Vous êtes encore toute vive partout. Je suis ravie de
105 savoir que vous êtes belle ; je voudrais bien vous baiser ; mais quelle folie de mettre toujours cet habit bleu !

---

1. Mme de Sévigné cite les deux derniers vers d'un madrigal de Montreuil (1620-1691).
2. Il s'agit de Marie-Blanche*. Voir note 3, p. 54.

3. Fiction épistolaire

Le modèle romanesque

Comme la religieuse des *Lettres portugaises*[1], Mme de Sévigné vit un amour contrarié par l'absence. La même inéluctable évidence du malheur apparaît à la mère et à l'amante infortunée. La première écrit, en effet, dans la lettre du 24 mars 1671 (voir lettre 13) : « Ma tête et mon esprit se creusent : mais j'ai beau tourner, j'ai beau chercher, cette chère enfant que j'aime avec tant de passion est à deux cents lieues de moi ; je ne l'ai plus » ; comme mue par des sentiments identiques, la seconde rédige ces phrases à l'attention de l'homme passionnément aimé : « J'envoie mille fois le jour mes soupirs vers vous, ils vous cherchent en tous lieux, et ils ne me rapportent, pour toute récompense de tant d'inquiétudes, qu'un avertissement trop sincère [...] : cesse, cesse, Mariane [...] de te consumer vainement, et de chercher un amant que tu ne verras jamais. »

Pour les deux femmes, que l'une soit une personne bien vivante et l'autre un être de fiction, la prise de conscience de la perte s'enracine dans la mémoire des temps heureux qui aiguise le sentiment de privation. Il arrive par ailleurs que la marquise devienne, malgré elle, héroïne romanesque. Il en est ainsi quand, se rendant dans sa demeure des Rochers en compagnie de son fils, de La Mousse * et de M. l'Abbé *, elle emmène avec elle le portrait de l'être aimé. Cela est attesté dans la lettre datée 23 mai 1671. Mariane dans les *Lettres portugaises* usait déjà de ce succédané.

Dans cette missive, les références littéraires se multiplient d'ailleurs comme si les œuvres lues par l'épistolière fournissaient autant d'occasions de se divertir que de modèles à imiter et à détourner.

1. Voir dossier, p. 138.

(14). À MME DE GRIGNAN

À Malicorne[1], samedi 23 mai 1671.

J'arrive ici, où je trouve une lettre de vous, tant j'ai su donner un bon ordre à notre commerce. Je vous écrivis lundi en partant de Paris ; depuis cela, mon enfant, je n'ai fait que m'éloigner de vous avec une telle tristesse et un souvenir de vous si pressant, 5 qu'en vérité la noirceur de mes pensées m'a rendue quelquefois insupportable. Je suis partie avec votre portrait dans ma poche ; je le regarde fort souvent : il serait difficile de me le dérober présentement sans que je m'en aperçusse ; il est parfaitement aimable ; j'ai votre idée dans l'esprit ; j'ai dans le milieu de mon 10 cœur une tendresse infinie pour vous : voilà mon équipage[2], et voilà avec quoi je vais à trois cents lieues[3] de vous. Nous avons été fort incommodés de la chaleur. Un de mes beaux chevaux demeura dès Palaiseau ; les autres six ont tenu bon jusqu'ici. Nous partons dès deux heures du matin pour éviter l'extrême 15 chaleur ; encore aujourd'hui, nous avons prévenu[4] l'aurore dans ces bois pour voir Sylvie[5], c'est-à-dire Malicorne, où je me reposerai demain. J'y ai trouvé les deux petites filles[6], *rechignées, un air triste, une voix de Mégère*. J'ai dit : *Ces petits sont sans doute à notre ami, fuyons-les*. Du reste, *nos repas ne sont point repas à la*

---

1. ***Malicorne*** : localité située près du Mans, sur le trajet qui mène la marquise aux Rochers.
2. ***Équipage*** : selon le dictionnaire Furetière, « provision de tout ce qui est nécessaire pour voyager ou s'entretenir honorablement ».
3. ***Trois cents lieues*** : environ mille deux cents kilomètres, distance qui sépare le domaine des Rochers du château de Grignan. Voir note 3, p. 77.
4. ***Prévenu*** : devancé.
5. Sylvie est le nom que Saint-Amant (1594-1661), entre autres, donne à l'objet aimé dont la beauté resplendissante empêche le soleil de se lever. Mme de Sévigné parodie donc ici le thème poétique de la « Belle Matineuse » (voir aussi lettre 17, note 2, p. 99), femme qui a l'habitude de se lever tôt.
6. Il s'agit des deux filles du marquis de Lavardin, hôte de Mme de Sévigné à Malicorne.

légère[1]. Jamais je n'ai vu une meilleure chère, ni une plus agréable maison. Il me fallait toute l'eau que j'y ai trouvée, pour me rafraîchir du fonds de chaleur que j'ai depuis six jours. Notre Abbé* se porte bien ; mon fils et La Mousse* me sont d'une grande consolation. Nous avons relu des pièces de Corneille, et repassé avec plaisir sur toutes nos vieilles admirations. Nous avons aussi un livre nouveau[2] de Nicole* ; c'est de la même étoffe que Pascal et *L'Éducation d'un Prince* ; mais cette étoffe est merveilleuse : on ne s'en ennuie point.

Nous serons le 27 aux Rochers, où je trouverai une de vos lettres : hélas ! c'est mon unique joie. Vous pouvez ne me plus écrire qu'une fois la semaine, parce qu'aussi bien elles ne partiront de Paris que le mercredi, et j'en recevrais deux à la fois. Il me semble que je m'ôte la moitié de mon bien ; cependant, j'en suis aise, parce que c'est autant de fatigue retranchée en l'état[3] où vous êtes. Il faut que je sois devenue de bonne humeur pour vouloir bien que vous preniez cela sur moi. Mais, ma fille, au nom de Dieu, conservez-vous, si vous m'aimez. Ah ! que j'ai de regret à votre aimable personne ! N'aurez-vous jamais un moment de repos ? Faut-il user sa vie à cette continuelle fatigue ? Je comprends les raisons de M. de Grignan ; mais en vérité, quand on aime une femme, quelquefois on en a pitié.

Mon éventail est donc venu bien à propos ; ne l'avez-vous pas trouvé joli ? Hélas ! quelle bagatelle ! Ne m'ôtez pas ce petit plaisir quand l'occasion s'en présente, et remerciez-moi de la joie que je me donne, quoique ce ne soit que des riens. Mandez-moi[4] bien de vos nouvelles : c'est là de quoi il est question. Songez que j'aurai une de vos lettres tous les vendredis ; mais songez aussi que je ne

---

1. Citation approximative de vers empruntés à la fable de La Fontaine intitulée « L'Aigle et le Hibou » (V, 18).

2. Le livre auquel fait allusion la marquise est *Essais de morale*. *L'Éducation d'un Prince* était paru l'année précédente.

3. Mme de Grignan attend son deuxième enfant, Louis-Provence*.

4. ***Mandez-moi*** : voir note 5, p. 34.

vous vois plus, que vous êtes à mille lieues de moi, que vous êtes grosse, que vous êtes malade[1] ; songez... non, ne songez à rien, 50 laissez-moi tout songer dans mes grandes allées, dont la tristesse augmentera la mienne : j'aurai beau m'y promener, je n'y trouverai point ce que j'y avais la dernière fois que j'y fus. Adieu, ma très chère enfant ; vous ne me parlez point assez de vous.

Marquez toujours bien la date de mes lettres. Hélas ! que 55 diront-elles présentement ? Mon fils vous embrasse mille fois. Il me désennuie extrêmement ; il songe fort à me plaire. Nous lisons, nous causons, comme vous le devinez fort bien. La Mousse tient bien sa partie ; et par-dessus tout notre Abbé, qui se fait adorer parce qu'il vous adore. Il m'a enfin donné tout son bien[2] : il n'a 60 point eu de repos que cela n'ait été fait ; n'en parlez à personne, la famille le dévorerait ; mais aimez-le bien sur ma parole, et sur ma parole, aimez-moi aussi. J'embrasse ce fripon de Grignan, malgré ses forfaits.

L'imagination au service de la lettre

L'imagination entre tout autant dans la composition des lettres de Mme de Sévigné que dans l'élaboration d'un récit de fiction parce que l'éloignement oblige l'épistolière à se représenter sa fille par l'esprit. L'effort pour envisager une réalité qui lui est dérobée passe dans la correspondance de la marquise, comme pour l'écrivain, par un travail de mise en forme.

Dans la lettre du 3 mars 1671, l'épistolière évoque, par le biais d'une hypotypose, les mondanités auxquelles s'adonne la comtesse en Provence. Suivent des avertissements qui empruntent le masque d'une sorte d'allégorie de la paresse[3] de Mme de Grignan. Le passage

1. La grossesse de Mme de Grignan était difficile.
2. L'abbé de Coulanges avait fait de Mme de Sévigné sa principale héritière, ce qui lésait les autres neveux et nièces de l'homme.
3. ***Paresse*** : ici, « indolence », « aptitude au repos ».

se clôt sur une adresse en forme de prosopopée où s'entend, derrière l'abstraction, la voix de la mère « abandonnée ». Mme de Sévigné use donc d'une figure littéraire léguée par la rhétorique antique ; mais ici le procédé est arraché à l'éloquence pour devenir intime. La marquise s'associe à la paresse dans la volonté de ne voir personne s'interposer entre sa fille et elle.

L'amour excessif et exigeant qui se fait jour dans la missive a tous les traits de celui d'Alceste pour Célimène dans *Le Misanthrope* (1666) de Molière.

(15). À MME DE GRIGNAN

À Paris, mardi 3 mars 1671.

Si vous étiez ici, ma chère bonne, vous vous moqueriez de moi ; j'écris de provision [1], mais c'est une raison bien différente de celle que je vous donnais pour m'excuser : c'était parce que je ne me souciais guère de ces gens-là [2], et que dans deux jours je
5 n'aurais pas autre chose à leur dire. Voici tout le contraire ; c'est que je me soucie beaucoup de vous, que j'aime à vous entretenir à toute heure, et que c'est la seule consolation que je puisse avoir présentement. Je suis aujourd'hui toute seule dans ma chambre par l'excès de ma mauvaise humeur [3]. Je suis lasse de tout ; je me
10 suis fait un plaisir de dîner ici, et je m'en fais un de vous écrire hors de propos : mais, hélas ! ma bonne, vous n'avez pas de ces loisirs-là. J'écris tranquillement, et je ne comprends pas [4] que vous puissiez lire de même : je ne vois pas un moment où vous soyez à vous. Je vois un mari qui vous adore, qui ne peut se lasser d'être
15 auprès de vous, et qui peut à peine comprendre son bonheur. Je

1. L'épistolière écrit en dehors d'un jour régulier de courrier.

2. « Ces gens-là » désigne des personnes de l'entourage de la marquise.

3. ***Mauvaise humeur*** : mélancolie. L'expérience de l'amour et de la douleur a conduit Mme de Sévigné à se retrancher du monde, ce qui lui permet d'adresser à sa fille les reproches qui vont suivre.

4. ***Je ne comprends pas*** : ici, je ne conçois pas.

vois des harangues[1], des infinités de compliments, de civilités, des visites ; on vous fait des honneurs extrêmes ; il faut répondre à tout cela, vous êtes accablée ; moi-même, sur ma petite boule[2], je n'y suffirais pas. Que fait votre paresse pendant tout ce tracas ? Elle souffre, elle se retire dans quelque petit cabinet, elle meurt de peur de ne plus retrouver sa place : elle vous attend dans quelque moment perdu pour vous faire au moins souvenir d'elle, et vous dire un mot en passant. « Hélas ! dit-elle, mais vous m'oubliez : songez que je suis votre plus ancienne amie ; celle qui ne vous ai jamais abandonnée, la fidèle compagne de vos plus beaux jours ; celle qui vous consolais de tous les plaisirs, et qui même quelquefois vous les faisais haïr ; celle qui vous ai empêchée de mourir d'ennui et en Bretagne et dans votre grossesse. Quelquefois votre mère troublait nos plaisirs, mais je savais bien où vous reprendre ; présentement je ne sais plus où j'en suis ; la dignité et l'éclat de votre mari me fera périr, si vous n'avez soin de moi. » Il me semble que vous lui dites en passant un petit mot d'amitié, vous lui donnez quelque espérance de la posséder à Grignan ; mais vous passez vite, et vous n'avez pas le loisir d'en dire davantage. Le devoir et la raison sont autour de vous, qui ne vous donnent pas un moment de repos. Moi-même, qui les ai toujours tant honorées, je leur suis contraire, et elles me le sont ; le moyen qu'elles vous donnent le temps de lire de telles *lanterneries*[3] ? Je vous assure, ma chère bonne, que je songe à vous continuellement, et je sens tous les jours ce que vous me dîtes une fois, qu'il

1. ***Harangues*** : discours solennels souvent ennuyeux.
2. Selon Roger Duchêne dans son édition de la *Correspondance* (éd. cit.), l'expression « sur ma petite boule » serait adaptée de la formule « perdre la boule » : « Faut-il comprendre, écrit-il, que Mme de Grignan perdait la tête dans ces cérémonies ? » Mme de Sévigné indiquerait alors que, bien que moins exposée que sa fille, elle serait « dépassée » en de telles circonstances.
3. ***Lanterneries*** : propos futiles. Le terme employé pour désigner la lettre atténue la réprimande adressée à Mme de Grignan en la teintant d'humour ; mais il montre aussi combien était grande l'exigence de Mme de Sévigné qui réclamait toute l'attention de la comtesse pour des futilités.

ne fallait point appuyer sur ces pensées. Si l'on ne glissait pas dessus, on serait toujours en larmes, c'est-à-dire moi. Il n'y a lieu dans cette maison qui ne me blesse le cœur. Toute votre chambre me tue ; j'y ai fait mettre un paravent tout au milieu, pour rompre 45 un peu la vue d'une fenêtre sur ce degré[1] par où je vous vis monter dans le carrosse de d'Hacqueville*[2], et par où je vous rappelai. Je me fais peur quand je pense combien alors j'étais capable de me jeter par la fenêtre, car je suis folle quelquefois ; ce cabinet, où je vous embrassai sans savoir ce que je faisais ; ces 50 Capucins[3], où j'allai entendre la messe ; ces larmes qui tombaient de mes yeux à terre, comme si c'eût été de l'eau qu'on eût répandue ; Sainte-Marie[4], Mme de Lafayette*, mon retour dans cette maison, votre appartement, la nuit et le lendemain ; et votre première lettre, et toutes les autres, et encore tous les jours, et tous les 55 entretiens de ceux qui entrent dans mes sentiments : ce pauvre d'Hacqueville est le premier ; je n'oublierai jamais la pitié qu'il eut de moi. Voilà donc où j'en reviens : il faut glisser sur tout cela, et se bien garder de s'abandonner à ses pensées et aux mouvements de son cœur. J'aime mieux m'occuper de la vie que vous 60 faites présentement ; cela me fait une diversion, sans m'éloigner pourtant de mon sujet et de mon objet, qui est ce qui s'appelle poétiquement l'objet aimé. Je songe donc à vous, et je souhaite toujours de vos lettres ; quand je viens d'en recevoir, j'en voudrais bien encore. J'en attends présentement, et reprendrai ma lettre 65 quand j'en aurai reçu. J'abuse de vous, ma chère bonne ; j'ai voulu aujourd'hui me permettre cette lettre d'avance ; mon cœur en avait besoin, je n'en ferai pas une coutume.

---

1. ***Degré*** : marche d'escalier.
2. D'Hacqueville avait prêté son carrosse pour le trajet de Mme de Grignan.
3. ***Capucins*** : couvent de la rue d'Orléans, dans le quartier du Marais, à Paris.
4. ***Sainte-Marie*** : couvent de la Visitation situé faubourg Saint-Jacques, à Paris (voir présentation, note 3, p. 7).

L'évolution sentimentale

Comme un roman épistolaire, la correspondance de Mme de Sévigné dessine une progression des sentiments. Si les plaintes de la marquise s'élevaient dans les premiers temps avec intensité, elles s'assourdissent au fil de l'échange. Sûre de l'union des cœurs et d'une entente renouvelée avec sa fille, l'épistolière peut, au terme d'un commerce de presque vingt ans, célébrer les vertus de la bien-aimée et un amour sans faille ni ombre.

C'est ce à quoi s'attache la lettre datée du 26 octobre 1688, qui entérine l'accord parfait établi entre mère et fille.

Les louanges apparaissent désormais sans réserve, donnant au ton sa liberté d'allure et son assurance.

(16). À MME DE GRIGNAN

À Paris, ce mardi 26 octobre 1688.

Oh ! quelle lettre, mon enfant, elle mérite bien que je sois revenue tout exprès pour la recevoir. Vous voilà donc à Grignan en bonne santé ; et quoique ce soit à cent mille lieues de moi, il faut que je m'en réjouisse : telle est notre destinée ; peut-être que
5 Dieu permettra que je vous retrouve bientôt : laissez-moi vivre dans cette espérance. Vous me faites un joli portrait de Pauline* ; je la reconnais, elle n'est point changée, comme disait M. de Grignan : voilà une fort aimable petite personne, et fort aisée à aimer. Elle vous adore ; et sa soumission à vos volontés, si vous
10 voulez qu'elle vous quitte, me fait une pitié et une peine extrême, et j'admire le pouvoir qu'elle a sur elle. Pour moi, je jouirais de cette jolie petite société, qui vous doit faire un amusement et une occupation : je la ferais travailler, lire de bonnes choses, mais point trop simples ; je raisonnerais avec elle, je verrais de quoi
15 elle est capable, et je lui parlerais avec amitié et avec confiance[1] ;

---

1. Mme de Sévigné songe à son prochain voyage en Provence.

jamais vous ne serez embarrassée de cette enfant ; au contraire, elle pourra vous être utile : enfin j'en jouirais, et ne me ferais point le martyre, au milieu de tous ceux dont la vie est pleine, de m'ôter cette consolation.

20 J'aime fort que le Chevalier* [1] vous dise du bien de moi ; mon amour-propre est flatté de ne lui pas déplaire ; s'il aime ma société, je ne cesse de me louer de la sienne : c'est un goût bien juste et bien naturel que de souhaiter son estime. Je ne sais, ma fille, comment vous pouvez dire que votre humeur est un nuage 25 qui cache l'amitié que vous avez pour moi ; si cela était dans les temps passés, vous avez bien levé ce voile depuis plusieurs années, et vous ne me cachez rien de la plus tendre et de la plus parfaite amitié qui fût jamais. Dieu vous en récompensera par celle de vos enfants, qui vous aimeront, non pas de la même 30 manière, car peut-être qu'ils n'en seront pas capables, mais de tout leur pouvoir, et il faut s'en contenter. Vous me représentez le bâtiment de Monsieur de Carcassonne [2] comme un vrai corps sans âme, manquant d'esprits, et surtout du nerf de la guerre. Je pense que le Coadjuteur* n'en manque pas moins ; eh, mon 35 Dieu ! que veulent-ils faire ? mais je ne veux pas en dire davantage ; il serait à propos seulement que cela finît, et qu'on vous ôtât le bruit et l'embarras dont vous êtes incommodée. [...]

---

1. Il s'agit de Joseph de Grignan, dit Adhémar.

2. Il s'agit de l'évêque de Carcassonne qui devait financer avec le Coadjuteur les travaux d'embellissement du château de Grignan.

Archives Flammarion

■ Le château de Grignan.

Le château de Grignan, situé près de Nyons dans la Drôme, a été construit sur une éminence rocheuse au Moyen Âge. Au XIIIe siècle, la forteresse est entrée dans la famille des Adhémar. Quatre siècles plus tard, un de ses descendants, François Adhémar de Monteil, comte de Grignan, en fit sa résidence personnelle lorsqu'il fut nommé lieutenant général de Provence par le Roi. L'établissement de sa famille et les réceptions que sa position exigeait nécessitèrent d'importants travaux de rénovation. Les dépenses engagées par son gendre furent un motif d'inquiétude pour Mme de Sévigné. La marquise, au reste, appréciait les lieux mais voyait aussi en eux la preuve que sa fille avait résolument choisi le parti de son mari plutôt que celui de la tendresse maternelle.

III. Mme de Sévigné : écrivain du moi

La marquise a souvent noté dans le corps même de ses lettres le plaisir qu'elle éprouvait à écrire à sa fille. Cependant, on ne peut dire de ces remarques qu'elles sont les signes d'une auctorialité consciente – c'est-à-dire de la conscience d'être auteur. En effet, loin de faire son œuvre, Mme de Sévigné tient d'abord sa place dans un échange épistolaire. Aussi, lorsqu'elle glose son propre texte, elle s'adresse moins à elle-même qu'à Mme de Grignan. La séparation entre les deux femmes n'a donc pas rendu la mère consciente de ses dons d'écrivain ; elle l'a engagée dans un commerce à distance qui a bientôt pris le pas sur tous les autres et qui a évincé les correspondants réguliers de l'épistolière (lettre 17). Dans cette perspective, les commentaires de la marquise sur sa pratique épistolaire, qui habitent les marges de la correspondance adressée à la comtesse, servent la passion maternelle : ils mettent en valeur le caractère exceptionnel d'un amour et certifient la conformité de la parole au sentiment (lettre 18).
Sincérité et spontanéité sont les mots d'ordre des lettres de Mme de Sévigné à sa fille. Cela explique que la correspondance se lise aussi comme le journal d'une conscience qui se raconte au jour le jour. La recherche de la transparence des cœurs donne couramment lieu, en effet, à une analyse fine des sentiments et du moi, favorisée par le goût de la marquise pour la solitude – plus prononcé chaque année après le départ de la comtesse pour la Provence. Aussi, l'épistolière fuit-elle la compagnie de ses amis et, plus encore, les mondanités, pour se consacrer tout entière à sa passion pour Mme de Grignan. Dès 1671, l'amour maternel a donc occupé une place tout à fait centrale dans l'existence de Mme de Sévigné et n'a pas faibli jusqu'à sa mort. Dans ses lettres, tous les événements qui remplissent la vie

de l'épistolière apparaissent subordonnés à la logique passionnelle ; celle-ci détermine pour une large part la manière d'appréhender le réel mais aussi de le vivre (lettre 19). Par conséquent, l'amour de la marquise pour sa fille s'exprime dans la correspondance sur tous les modes, selon l'humeur du moment. L'écriture épistolaire enregistre les oscillations de l'âme et permet surtout à Mme de Sévigné d'épancher sa souffrance loin du monde (lettre 20).
Les lettres à écrire et celles à lire ont rythmé l'existence tout entière de la marquise. La correspondance abonde de références au rituel du courrier envoyé ou reçu (lettre 21), devenu lui-même sujet épistolaire privilégié. Mme de Sévigné observe la plus grande régularité dans ses envois en Provence parce que ses lettres, plus encore que les protestations de tendresse qu'elles contiennent, matérialisent la constance de ses sentiments pour sa fille. Le souci, permanent chez l'épistolière, de respecter les heures de départ des courriers relègue au second plan l'application à bien écrire, ce qui garantit d'ailleurs l'authenticité des propos tenus (lettre 22). Aussi, les lettres promenées comme un miroir le long du chemin de l'existence paraissent-elles parfois se substituer à la vie réelle (lettre 23).

1. La marquise et son lecteur

■ Mme de Grignan, destinataire privilégié des lettres

Mme de Sévigné n'a pas eu conscience de faire œuvre d'écrivain ; elle n'a pas fait du bien dire sa règle d'écriture et a même revendiqué un style qu'elle qualifiait de « négligé ». Pourtant, les commentaires réflexifs sur la pratique épistolaire jalonnent toute sa correspondance.

La lettre du 19 juillet 1671 éclaire la signification de cette glose : elle concerne les missives de Mme de Grignan plus que les siennes propres. Toutes les remarques qui ont trait à la réussite épistolaire viennent asseoir le commerce entretenu par elle et sa fille, dont dépend la qualité de leur communication sentimentale ; elles sont aussi inséparables d'une volonté de plaire à la comtesse.

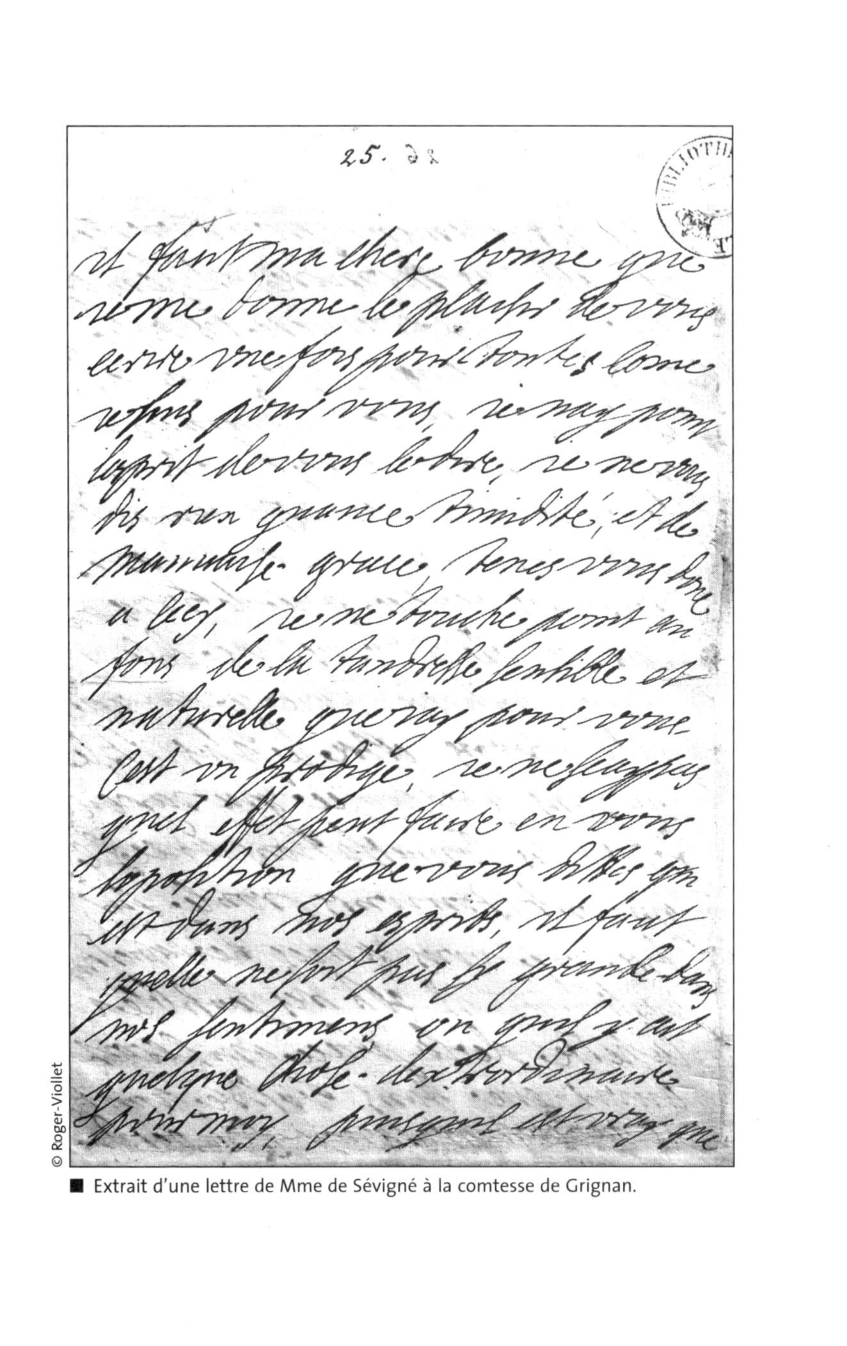

■ Extrait d'une lettre de Mme de Sévigné à la comtesse de Grignan.

La réflexion sur l'épistolaire distingue l'interlocutrice, l'élève au niveau de sa mère, substituant au rapport parental asymétrique une relation fondée sur une égalité des conditions et une estime réciproque.

(17). À MME DE GRIGNAN

Aux Rochers, dimanche 19 juillet 1671.

Je ne vois point, ma bonne, que vous ayez reçu mes lettres du 17 et 21 juin ; je vous écris toujours deux fois la semaine, ce m'est une joie et une consolation ; je reçois le vendredi deux de vos lettres qui me soutiennent le cœur toute la semaine. J'ai trouvé
5 fort plaisant de recevoir celle que vous m'adressez dans la Capucine, justement dans le beau milieu de la Capucine [1]. Il faisait beau ; j'attendais mon laquais qui devait m'apporter vos lettres de Vitré [2]. Après avoir bien fait des tours, je revenais au logis.

Je vous trouve bien en famille de tous côtés, et je vous vois très
10 bien faire les honneurs de votre maison. Je vous assure que cette manière est plus noble et plus aimable qu'une froide insensibilité, qui sied très mal quand on est chez soi. Vous en êtes bien éloignée, ma bonne, et l'on ne peut pas mieux faire que ce que vous faites : je vous souhaite seulement des matériaux [3] ; car, pour de la bonne
15 volonté, vous en avez de reste.

Vous aurez trouvé plaisant que je vous aie tant parlé du Coadjuteur*, dans le temps qu'il est avec vous : je n'avais pas bien vu sa goutte [4] en vous écrivant. Ah ! Seigneur Corbeau [5], si vous n'aviez demandé, pour toute nécessité, qu'*un poco di pane,*

---

1. Allée qui se trouvait à proximité du château des Rochers. La comtesse avait la sienne à Grignan.

2. ***Vitré*** : voir présentation, note 3, p. 13.

3. ***Je vous souhaite*** […] ***des matériaux*** : je souhaite que vous disposiez des éléments nécessaires à la réalisation de vos projets.

4. ***Goutte*** : maladie qui se caractérise par des poussées inflammatoires aiguës autour des articulations et qui est attribuée à des excès alimentaires.

5. Voir note 3, p. 72.

20 *un poco di vino*[1], vous n'en seriez point où vous en êtes : il faut souffrir la goutte quand on l'a méritée ; mon pauvre Seigneur, j'en suis fâchée, mais c'est bien employé.

Je remercie M. de Grignan d'avoir soin de son adresse et de sa belle taille. Je vous trouve fort jolie de vous être levée si matin pour 25 le voir tirer vos lapins.

Le soleil se bâtant pour la gloire des cieux
Vint opposer sa flamme à l'éclat de vos yeux,
Et prit tous les rayons dont l'Olympe se dore[2].

Ce qui m'embarrasse pour la fin du sonnet, c'est que le soleil 30 fut pris pour l'Aurore, et qu'il me semble que vous ne fûtes simplement que l'Aurore, et qu'aussitôt qu'il eut pris tous ses rayons vous lui quittâtes la place, et vous allâtes vous coucher. Je vous assure au moins, ma bonne, qu'il n'eut pas l'avantage de vous gâter votre beau teint ; il ne demanderait pas mieux, de l'humeur 35 dont il est en Provence. C'est à vous à vous en défendre : je vous en conjure pour l'amour de moi qui aime si chèrement votre personne aussi bien que tout le reste.

Je trouve, ma chère bonne, qu'il s'en faut beaucoup que vous soyez en solitude : je me réjouis de tous ceux qui vous peuvent 40 divertir. Vous aurez bientôt Mme de Rochebonne*. Mandez-moi[3] toujours ce que vous aurez. Le Coadjuteur est bon à garder longtemps. L'offre que vous lui faites d'achever de bâtir votre château est une chose qu'il acceptera sans doute : que ferait-il de

---

1. ***Un poco di pane, un poco di vino*** : « un peu de pain, un peu de vin », en italien.

2. L'épistolière applique le premier tercet d'un sonnet de Voiture sur le thème de la « Belle Matineuse » (voir note 5, p. 85) à sa fille. La « Belle Matineuse » y est prise pour le soleil lui-même, tant sa beauté est éclatante. Dans la fin du poème, parce que la Belle Matineuse est confondue avec le soleil, l'astre, lui, devient l'aurore. Cette fin ne permet pas à la marquise de poursuivre son interprétation poétique, la comtesse ayant « disparu » avec l'aurore.

3. ***Mandez-moi*** : voir note 5, p. 34.

son argent ? Cela ne paraîtra pas sur son épargne. Je trouverais
45 fort mauvais qu'il prît mon appartement [1].

Ce que vous dites de cette maxime [2] que j'ai faite sans y penser est très bien et très juste. Je veux croire, pour ma consolation, que si je l'avais écrite moins vite, et que je l'eusse tournée avec quelque loisir, j'aurais dit comme vous ; en un mot, ma bonne, vous avez
50 raison, et je ne donnerai jamais rien au public, que je ne vous consulte auparavant.

Vous avez écrit une lettre à La Mousse * dont je vous dois remercier autant que lui ; elle est toute pleine d'amitié pour moi. D'Hacqueville * est bien plaisant de vous avoir envoyé la mienne.
55 Enfin Brancas * m'a écrit une lettre si excessivement tendre, qu'elle récompense tout son oubli passé. Il me parle de son cœur à toutes les lignes ; si je lui faisais réponse sur le même ton, ce serait une *portugaise* [3].

Il ne faut louer personne avant sa mort [4] : c'est bien dit ; nous
60 en avons tous les jours des exemples ; mais, après tout, mon ami le public fait toujours bien : il loue quand on fait bien ; et comme il a bon nez, il n'est pas longtemps la dupe, et blâme quand on fait mal. Quand on va du mal au bien, il ne répond pas de l'avenir ; il parle de ce qu'il voit. La comtesse de Gramont * [5] et d'autres ont

---

1. Le Coadjuteur n'avait pas d'épargne conséquente mais, selon Mme de Sévigné, allait accepter de payer les travaux du château de Grignan. La marquise craignait qu'en engageant ces frais le Coadjuteur ne s'installât définitivement au château et ne prît l'appartement qu'elle y occupait lors de ses séjours.

2. « L'ingratitude attire les reproches, comme la reconnaissance attire de nouveaux bienfaits », avait écrit Mme de Sévigné dans sa lettre du 28 juin 1671.

3. Allusion aux *Lettres portugaises* (voir dossier, p. 138) qui témoigne de la valeur exemplaire de ces écrits amoureux aux yeux de Mme de Sévigné.

4. Pensée de Solon, législateur et poète athénien (v. 640-v. 558 av. J.-C.), rangé parmi les Sept Sages, philosophes et tyrans du VIe siècle avant Jésus-Christ auxquels les Grecs attribuaient de nombreuses maximes.

5. La comtesse de Gramont avait eu une liaison extra-conjugale.

65 senti les effets de son inconstance ; mais ce n'est pas lui qui change le premier. Vous n'avez pas sujet de vous plaindre de lui, et ce ne sera pas par vous qu'il commencera à faire de grandes injustices.

Notre Abbé* a pour vous une tendresse qui me le fait adorer ; il vous trouve d'une solidité qui le charme, et qui le fait brûler 70 d'impatience de vous pouvoir soulager et vous être bon à quelque chose[1] ; il a quasi autant d'envie que moi d'aller en Provence. Nous sommes occupés de notre chapelle ; elle sera achevée à la Toussaint. Nous sommes dans une parfaite solitude et je m'en trouve bien. Ce parc est bien plus beau que vous ne l'avez vu, et 75 l'ombre de mes petits arbres est une beauté qui n'était pas bien représentée par les bâtons d'alors. Je crains le bruit qu'on va faire en ce pays. On dit que Mme de Chaulnes* arrive aujourd'hui ; je l'irai voir demain, je ne puis pas m'en dispenser ; mais j'aimerais bien mieux être dans la Capucine[2], ou à lire Le Tasse[3] où je suis 80 d'une habileté qui vous surprendrait et qui me surprend moi-même.

Vous me dites trop de bien de mes lettres, ma bonne ; je compte sûrement sur toutes vos tendresses : il y a longtemps que je dis que vous êtes vraie ; cette louange me plaît ; elle est nou-85 velle et distinguée de toutes les autres ; mais quelquefois aussi elle pourrait faire du mal. Je sens au milieu de mon cœur tout le bien que cette opinion me fait présentement. Ah ! qu'il y a peu de personnes vraies ! Rêvez un peu sur ce mot, vous l'aimerez. Je lui trouve, de la façon que je l'entends, une force au-delà de la 90 signification ordinaire.

La divine Plessis* est justement et à point toute fausse ; je lui fais trop d'honneur de daigner seulement en dire du mal. Elle joue toutes sortes de choses : elle joue la dévote, la capable, la peureuse, la petite poitrine, la meilleure fille du monde ; mais surtout elle me

1. Mme de Grignan attend son deuxième enfant, Louis-Provence*.
2. ***Capucine*** : voir note 1, p. 98.
3. ***Le Tasse*** : poète italien (1544-1595), auteur notamment de *La Jérusalem délivrée* (1577).

95 contrefait, de sorte qu'elle me fait toujours le même plaisir que si je me voyais dans un miroir qui me fît ridicule, et que je parlasse à un écho qui me répondît des sottises. J'admire où je prends celles que je vous écris. Adieu, ma très aimable bonne. Vous qui voyez tout, ne voyez-vous point comme je suis belle les dimanches, et comme 100 je suis négligée les jours ouvriers ? Mandez-moi si vous avez toujours le courage de vous habiller et ce que vous avez fait de provençal. Mon Dieu ! qu'on est heureux, ma bonne, de vous voir en Provence ! et quelle joie sensible quand je vous embrasserai ! car enfin ce jour viendra ; en attendant, j'en passerai de bien cruels 105 vers le temps de vos couches. [...]

■ Le rapport des correspondantes

Mme de Sévigné n'institue pas sa fille en public littéraire ; si elle la convoque comme juge de ses missives, c'est pour vérifier l'efficacité de son écriture, non sa « littérarité ».

À la lettre du 27 septembre 1671, la marquise en joint une autre [1], ouverte, destinée à Forbin-Janson *, évêque de Marseille. Elle cherche à dissuader l'homme de s'opposer à une gratification de cinq mille livres demandée par son gendre à l'assemblée des communautés de Provence. L'épistolière soumet donc sa requête à l'appréciation de sa fille.

La mention de la négligence du style ne vaut pas ici pour une coquetterie d'écrivain conscient de ses effets ; il s'agit davantage pour l'épistolière de réitérer par le biais d'une écriture « naturelle » le lien passionnel qui l'unit à Mme de Grignan. En effet, la lettre négligée garantit la vérité du sentiment maternel : la marquise souligne qu'elle ne triche pas avec l'outil dont elle se sert pour correspondre avec sa fille.

1. La présente édition ne reproduit pas cette lettre.

(18). À MME DE GRIGNAN

Aux Rochers, dimanche 27 septembre 1671.

[...] Voilà une lettre que j'écris à votre Évêque ; lisez-la : si vous la trouvez bonne, faites-la cacheter et la lui donnez ; si elle ne vous plaît pas, brûlez-la : elle ne vous oblige à rien. Vous voyez mieux que moi si elle est à propos, ou non ; d'ici je ne la crois pas mal,
5 mais ce n'est point d'ici qu'il en faut juger. Vous savez que je n'ai qu'un trait de plume ; ainsi mes lettres sont fort négligées ; mais c'est mon style, et peut-être qu'il fera autant d'effet qu'un autre plus ajusté. Si j'étais à portée de recevoir votre avis, vous savez combien je l'estime, et combien de fois il m'a réformée ; mais nous
10 sommes aux deux bouts de la France : ainsi il n'y a rien à faire, qu'à juger si cela est à propos ou non, et sur cela, la donner ou la brûler. Ce n'est pas sans chagrin qu'on sollicite une si petite chose, mais il faut se vaincre dans les sentiments qu'on aurait fort naturellement là-dessus. J'ai de plus à vous dire que j'ai vu faire ici des
15 pas pour moins, et que tout ce qui vient tous les ans est excellent [1], et qu'enfin chacun a ses raisons.

M. et Mme de Chaulnes * m'écrivent de six lieues [2] d'ici, avec des tendresses et des reconnaissances de l'*honneur que je leur avais fait par ma présence* [3] (c'est ainsi qu'ils disent), qu'ils
20 n'oublieront jamais.

Pour vos dates, ma bonne, je suis de votre avis : c'est une légèreté que de changer tous les jours. Quand on se trouve bien du 26 ou du 16, par exemple, pourquoi changer [4] ? C'est même une chose désobligeante pour ceux qui vous l'ont dit. Un homme
25 d'honneur, un honnête homme vous dit une chose bonnement et

---

1. Chaque année la marquise sollicitait l'évêque afin d'obtenir de l'argent pour le couple Grignan.

2. ***Six lieues*** : environ vingt-quatre kilomètres ; voir note 3, p. 77.

3. L'épistolière souligne le caractère figé de la formule.

4. Allusion à une erreur de datation de lettre commise par Mme de Grignan sur un courrier envoyé à sa mère.

comme elle est, et vous ne le croyez qu'un jour ; le lendemain, qu'un autre vous dise autrement, vous le croyez ; vous êtes toujours pour le dernier qui parle : c'est le moyen de faire autant d'ennemis qu'il y a de jours en l'an. Ne prenez point cette
30 conduite, ma bonne, tenez-vous au 26 ou au 16, quand vous vous en trouverez bien ; ne suivez point mon exemple, ni celui du monde corrompu, qui suit le temps et change comme lui. Soyez persuadée qu'au lieu de vouloir vous soumettre à mon calendrier, c'est moi qui approuve le vôtre : je fais juge le Coadju-
35 teur*, ou Mme de Rochebonne*[1], si je ne dis pas bien.

J'ai bien envie de savoir si vous aurez vu ce pauvre M. de Coulanges* ; cela est bien cruel qu'il ait pris la peine de faire tant de chemin pour vous voir un moment, et peut-être point du tout.

Le pauvre Léon a toujours été à l'agonie depuis que je vous ai
40 mandé[2] qu'il se mourait. Il y est plus que jamais, et il saura bientôt mieux que vous si la matière raisonne[3]. C'est un dommage extrême que la perte de ce petit évêque ; c'était, comme disent nos amis, un esprit lumineux sur la philosophie. Le vôtre l'est aussi. Vos lettres sont ma vie. Adieu ma bonne, je ne vous
45 dis pas la moitié ni le quart de l'amitié que j'ai pour vous.

---

1. Dans sa lettre du 19 juillet (voir lettre 17, p. 99), Mme de Sévigné annonçait la venue prochaine de Mme de Rochebonne à Grignan.

2. ***Mandé*** : voir note 5, p. 34.

3. Cet évêque, parce qu'il était un cartésien convaincu – comme Mme de Grignan (voir note 1, p. 109) –, aurait dû refuser la pensée à la matière. La marquise indique que l'expérience de la mort prouvera que la matière ne possède pas la pensée : l'âme se séparera du corps (la matière) et ce dernier ne sera plus habité par l'esprit.

2. Journal égotiste[1]

Méditation sur la mort

Érigée en mot d'ordre du dialogue épistolaire avec Mme de Grignan, la sincérité donne à la correspondance son caractère personnel. Dans un siècle volontiers marqué par l'impersonnalité en littérature[2], les lettres font donc entendre une voix singulière, celle de l'intime où le cœur se dévoile sans ambages.

La lettre datée du 16 mars 1672 laisse libre cours à l'expression d'un moi hanté par la perspective de la mort : l'épistolière, dans sa quarante-sixième année, y cerne au plus près l'état moral de son âme à cet âge avancé de la vie pour l'époque. De plus, les circonstances de son existence sont sombres : sa tante se meurt et le frère du comte de Grignan vient de disparaître. La marquise répond à sa fille qui, dans un courrier, lui demandait si elle aimait toujours la vie. La missive fait sourdre l'inquiétude de Mme de Sévigné devant la mort qui contamine bientôt toute son existence et assombrit significativement la tonalité de la page.

La méditation n'aboutit à aucune solution libératrice : la mort n'est pas souhaitée et l'amour de la vie semble incapable de conjurer l'angoisse de la finitude. L'épistolière peut tout au plus se détourner de cette pensée en « parlant d'autre chose », c'est-à-dire en conversant de sujets plus légers avec la comtesse.

(19). À MME DE GRIGNAN

À Paris, mercredi 16 mars 1672.

Vous me parlez de mon départ[3] : ah ! ma chère fille ! je languis dans cet espoir charmant. Rien ne m'arrête que ma tante,

1. *Égotiste* : qui parle de soi.
2. Au XVIIe siècle, nombreux sont les ouvrages dont la morale condamne les épanchements excessifs du moi.
3. Mme de Sévigné projetait d'aller à Grignan.

qui se meurt de douleur et d'hydropisie[1]. Elle me brise le cœur par l'état où elle est, et par tout ce qu'elle dit de tendre et de bon sens. Son courage, sa patience, sa résignation, tout cela est admirable. M. d'Hacqueville* et moi, nous suivons son mal jour à jour : il voit mon cœur et ma douleur que j'ai de n'être pas libre tout présentement. Je me conduis par ses avis ; nous verrons entre ci et Pâques[2]. Si son mal augmente, comme il a fait depuis que je suis ici, elle mourra entre nos bras ; si elle reçoit quelque soulagement et qu'elle prenne le train de languir, je partirai dès que M. de Coulanges* sera revenu. Notre pauvre Abbé* est au désespoir aussi bien que moi ; nous verrons comme cet excès de mal se tournera dans le mois d'avril. Je n'ai que cela dans la tête : vous ne sauriez avoir tant d'envie de me voir que j'en ai de vous embrasser ; bornez votre ambition, et ne croyez pas me pouvoir jamais égaler là-dessus.

Mon fils me mande[3] qu'ils sont misérables en Allemagne[4] et ne savent ce qu'ils font. Il a été très affligé de la mort du chevalier de Grignan*.

Vous me demandez, ma chère enfant, si j'aime toujours bien la vie. Je vous avoue que j'y trouve des chagrins cuisants ; mais je suis encore plus dégoûtée de la mort : je me trouve si malheureuse d'avoir à finir tout ceci par elle, que si je pouvais retourner en arrière, je ne demanderais pas mieux. Je me trouve dans un engagement qui m'embarrasse : je suis embarquée dans la vie sans mon consentement ; il faut que j'en sorte, cela m'assomme ; et comment en sortirai-je ? Par où ? Par quelle porte ? Quand sera-ce ? En quelle disposition ? Souffrirai-je mille et mille douleurs, qui me feront mourir désespérée ? Aurai-je un transport au cerveau ? Mourrai-je d'un accident ? Comment serai-je avec Dieu ? Qu'aurai-je à lui présenter ? La crainte, la nécessité, feront-elles

---

1. ***Hydropisie*** : épanchement de sérosité dans une partie du corps.
2. ***Entre ci et Pâques*** : d'ici à Pâques.
3. ***Mande*** : voir note 5, p. 34.
4. Allusion à la guerre de Hollande, voir lettre 2, p. 38.

mon retour vers lui ? N'aurai-je aucun autre sentiment que celui de la peur ? Que puis-je espérer ? Suis-je digne du paradis ? Suis-je
35 digne de l'enfer ? Quelle alternative ! Quel embarras ! Rien n'est si fou que de mettre son salut dans l'incertitude ; mais rien n'est si naturel, et la sotte vie que je mène est la chose du monde la plus aisée à comprendre. Je m'abîme dans ces pensées, et je trouve la mort si terrible que je hais plus la vie parce qu'elle m'y mène que
40 par les épines qui s'y rencontrent. Vous me direz que je veux vivre éternellement. Point du tout ; mais si on m'avait demandé mon avis, j'aurais bien aimé à mourir entre les bras de ma nourrice : cela m'aurait ôté bien des ennuis et m'aurait donné le ciel bien sûrement et bien aisément ; mais parlons d'autre chose.

45 Je suis au désespoir que vous ayez eu *Bajazet*[1] par d'autres que par moi. C'est ce chien de Barbin[2] qui me hait, parce que je ne fais pas des *Princesses de Montpensier*[3]. Vous en avez jugé très juste et très bien, et vous aurez vu que je suis de votre avis. Je voulais vous envoyer la Champmeslé* pour vous réchauffer la pièce. Le per-
50 sonnage de Bajazet est glacé ; les mœurs des Turcs y sont mal observées ; ils ne font point tant de façons pour se marier ; le dénouement n'est point bien préparé : on n'entre point dans les raisons de cette grande tuerie. Il y a pourtant des choses agréables, et rien de parfaitement beau, rien qui enlève, point de ces tirades
55 de Corneille qui font frissonner. Ma fille, gardons-nous bien de lui comparer Racine, sentons-en la différence. Il y a des endroits froids et faibles, et jamais il n'ira plus loin qu'*Alexandre* et qu'*Andromaque*[4]. *Bajazet* est au-dessous, au sentiment de bien des gens, et au mien, si j'ose me citer. Racine fait des comédies pour la
60 Champmeslé : ce n'est pas pour les siècles à venir. Si jamais il

---

1. Tragédie en cinq actes (1672) de Racine.

2. Barbin exerçait la profession de libraire-imprimeur.

3. Allusion à une œuvre de Mme de Lafayette : *La Princesse de Montpensier* (1662).

4. Il s'agit de deux autres tragédies de Racine : *Alexandre le Grand* (1665) et *Andromaque* (1667).

n'est plus jeune, et qu'il cesse d'être amoureux, ce ne sera plus la même chose. Vive donc notre vieil ami Corneille ! Pardonnons-lui de méchants vers, en faveur des divines et sublimes beautés qui nous transportent : ce sont des traits de maître qui sont inimi-
65 tables. Despréaux* en dit encore plus que moi ; et en un mot, c'est le bon goût : tenez-vous-y. [...]

■ L'expression lyrique de la douleur

Parce qu'elle est vouée à parler des événements seulement après qu'ils ont eu lieu, la lettre permet d'en faire l'analyse distanciée et d'opérer « après coup » un retour sur soi : les sentiments apparaissent alors comme décantés.

Le 5 octobre 1673, Mme de Sévigné, qui vient de passer quatorze mois auprès de sa fille à Grignan, rejoint Paris. En chemin, elle écrit à la comtesse qui, de son côté, se rend à Aix[1]. Les deux femmes sont séparées pour la deuxième fois depuis le départ de Mme de Grignan pour la Provence.

Tout entière empreinte d'une sentimentalité douloureuse, la missive hésite entre regrets du passé et crainte des moments à venir ; la comtesse est la cause du tourment de Mme de Sévigné autant que sa raison de vivre ; la place que lui donne la lettre réfléchit celle qu'elle occupe dans la conscience de la marquise.

(20). À MME DE GRIGNAN

À Montélimar, jeudi 5 octobre 1673.

Voici un terrible jour, ma chère fille ; je vous avoue que je n'en puis plus. Je vous ai quittée dans un état qui augmente ma douleur. Je songe à tous les pas que vous faites et à tous ceux que je fais, et combien il s'en faut qu'en marchant toujours de cette sorte, nous
5 puissions jamais nous rencontrer. Mon cœur est en repos quand il

---

1. Voir note 4, p. 52.

est auprès de vous : c'est son état naturel, et le seul qui peut lui plaire. Ce qui s'est passé ce matin me donne une douleur sensible, et me fait un déchirement dont votre philosophie[1] sait les raisons : je les ai senties et les sentirai longtemps. J'ai le cœur et l'imagination tout
10 remplis de vous ; je n'y puis penser sans pleurer, et j'y pense toujours : de sorte que l'état où je suis n'est pas une chose soutenable ; comme il est extrême, j'espère qu'il ne durera pas dans cette violence. Je vous cherche toujours, et je trouve que tout me manque, parce que vous me manquez. Mes yeux qui vous ont tant rencontrée
15 depuis quatorze mois ne vous trouvent plus. Le temps agréable qui est passé rend celui-ci douloureux, jusqu'à ce que j'y sois un peu accoutumée ; mais ce ne sera jamais assez pour ne pas souhaiter ardemment de vous revoir et de vous embrasser. Je ne dois pas espérer mieux de l'avenir que du passé. Je sais ce que votre absence
20 m'a fait souffrir ; je serai encore plus à plaindre, parce que je me suis fait imprudemment une habitude nécessaire de vous voir. Il me semble que je ne vous ai point assez embrassée en partant : qu'avais-je à ménager ? Je ne vous ai point assez dit combien je suis contente de votre tendresse ; je ne vous ai point assez recommandée
25 à M. de Grignan ; je ne l'ai point assez remercié de toutes ses politesses et de toute l'amitié qu'il a pour moi ; j'en attendrai les effets[2] sur tous les chapitres : il y en a où il a plus d'intérêt que moi, quoique j'en sois plus touchée que lui. Je suis déjà dévorée de curiosité ; je n'espère de consolation que de vos lettres, qui me feront encore bien
30 soupirer. En un mot, ma fille, je ne vis que pour vous. Dieu me fasse la grâce de l'aimer quelque jour comme je vous aime ! Je songe aux *pichons*[3], je suis toute pétrie de Grignans. Je tiens partout[4]. Jamais un voyage n'a été si triste que le nôtre ; nous ne disons pas un mot.

---

1. Allusion à Descartes (1596-1650) dont Mme de Grignan était une fervente lectrice et disciple. Le philosophe soutenait la nécessité de maîtriser nos passions par le bon usage de notre volonté.

2. ***Effets*** : comptes rendus.

3. ***Pichons*** : de *pitchoun*, « petit » en provençal.

4. ***Je tiens partout*** : Grignan occupe mes pensées à tout moment, en toute circonstance.

Adieu, ma chère enfant, aimez-moi toujours : hélas ! nous
35 revoilà dans les lettres. Assurez Monsieur l'Archevêque[1] de mon respect très tendre, et embrassez le Coadjuteur* ; je vous recommande à lui. Nous avons encore dîné à vos dépens. Voilà M. de Saint-Geniez*[2] qui vient me consoler. Ma fille, plaignez-moi de vous avoir quittée.

3. L'épistolière par elle-même

La réception du courrier

Mme de Sévigné voit dans les lettres qu'elle échange avec sa fille des substituts de la présence réelle : les missives de la comtesse permettent à sa mère de vivre auprès d'elle par procuration ; en rédigeant les siennes, la marquise peut avoir l'illusion d'être en présence de sa fille. Ainsi, le commerce épistolaire que toutes deux entretiennent devient, surtout pour la marquise, la vie même. Par un jeu de miroir réfléchissant, l'épistolarité apparaît à la mère comme un sujet à part entière dont parler dans ses propres missives.

Dans la lettre du 11 février 1671, la marquise engage d'abord une réflexion sur la réception des courriers de Mme de Grignan, qui rejoint son mari en Provence, louant son style naturel et ses effets. Ensuite, les déclarations de tendresse de la comtesse à son égard, faites par l'entremise des lettres, lui rappellent le temps où sa fille ne leur accordait pas la place qui convenait ; mais l'accent est davantage mis sur le présent et l'avenir de leur relation sentimentale, consolidée par les échanges épistolaires.

1. Il s'agit de l'archevêque d'Arles.
2. M. de Saint-Geniez « console » l'épistolière en prenant sa lettre pour la transmettre à Mme de Grignan.

(21). À MME DE GRIGNAN

À Paris, le mercredi 11 février 1671.

Je n'en ai reçu que trois de ces aimables lettres qui me pénètrent le cœur ; il y en a une qui me manque. Sans que je les aime toutes, et que je n'aime point à perdre ce qui me vient de vous, je croirais n'avoir rien perdu [1]. Je trouve qu'on ne peut rien souhaiter qui ne soit dans celles que j'ai reçues. Elles sont premièrement très bien écrites, et de plus si tendres et si naturelles qu'il est impossible de ne les pas croire ; la défiance même en serait convaincue : elles ont ce caractère de vérité que je maintiens toujours, qui se fait voir avec autorité, pendant que le mensonge demeure accablé sous les paroles sans pouvoir persuader ; plus elles s'efforcent de paraître, plus elles sont enveloppées. Les vôtres sont vraies et le paraissent. Vos paroles ne servent tout au plus qu'à vous expliquer ; et dans cette noble simplicité, elles ont une force à quoi l'on ne peut résister. Voilà, ma bonne, comme vos lettres m'ont paru. Mais quel effet elles me font, et quelle sorte de larmes je répands, en me trouvant persuadée de la vérité de toutes les vérités que je souhaite le plus sans exception ! Vous pourrez juger par là de ce que m'ont fait les choses qui m'ont donné autrefois des sentiments contraires. Si mes paroles ont la même puissance que les vôtres, il ne faut pas vous en dire davantage : je suis assurée que mes vérités ont fait en vous leur effet ordinaire ; mais je ne veux point que vous disiez que j'étais un rideau qui vous cachait ; tant pis si je vous cachais, vous êtes encore plus aimable quand on a tiré le rideau ; il faut que vous soyez à découvert pour être dans votre perfection ; nous l'avons dit mille fois. Pour moi, il me semble que je suis toute nue, qu'on m'a dépouillée de tout ce qui me rendait aimable. Je n'ose plus voir le monde, et quoi qu'on ait fait pour m'y remettre, j'ai passé tous ces jours-ci comme un loup-garou, ne pouvant faire autrement. Peu de gens sont dignes de comprendre ce que je sens ; j'ai cherché ceux qui

1. ***Sans que* [...] *perdu*** : sans ce fait que je les aime toutes, et que je n'aime pas à perdre ce qui me vient de vous, je croirais n'avoir rien perdu.

sont de ce petit nombre, et j'ai évité les autres. J'ai vu Guitaut * et sa
30 femme ; ils vous aiment : mandez-moi [1] un petit mot pour eux. Deux
ou trois Grignan me vinrent voir hier matin. J'ai remercié mille fois
Adhémar * de vous avoir prêté son lit [2]. Nous ne voulûmes point
examiner s'il n'eût pas été meilleur pour lui de troubler votre repos,
que d'en être cause ; nous n'eûmes pas la force de pousser cette folie,
35 et nous fûmes ravis de ce que le lit était bon.

Il nous semble que vous êtes à Moulins [3] aujourd'hui ; vous y
recevrez une de mes lettres. Je ne vous ai point écrit à Briare [4] ;
c'était ce cruel mercredi [5] qu'il fallait écrire ; c'était le propre jour
de votre départ : j'étais si affligée et si accablée, que j'étais même
40 incapable de chercher de la consolation en vous écrivant. Voici
donc ma troisième, et ma seconde [6] à Lyon ; ayez soin de me
mander si vous les avez reçues : quand on est fort éloignés, on
ne se moque plus des lettres qui commencent par *J'ai reçu la
vôtre (etc.)*. La pensée que vous aviez de vous éloigner toujours,
45 et de voir que ce carrosse allait toujours en delà, est une de celles
qui me tourmentent le plus. Vous allez toujours, et, comme vous
dites, vous vous trouverez à deux cents lieues [7] de moi. Alors, ne
pouvant plus souffrir les injustices sans en faire à mon tour, je me
mettrai à m'éloigner aussi de mon côté, et j'en ferai tant, que je
50 me trouverai à trois cents [8] : ce sera une belle distance, et ce sera

---

1. ***Mandez-moi*** : voir note 5, p. 34.

2. Voir lettre 10, p. 70.

3. ***Moulins*** : voir note 3, p. 69.

4. ***Briare*** : localité située dans le Loiret.

5. Il s'agit du mercredi 5 février 1671, jour où Mme de Grignan a quitté Paris et s'est mise en route pour la Provence.

6. La seconde missive est celle du 9 février 1671 (voir lettre 10, p. 68), adressée à Lyon.

7. Aix-en-Provence se trouvait en effet à deux cents lieues de Paris, soit à environ huit cents kilomètres ; voir note 3, p. 77.

8. La distance qui sépare Paris des Rochers est approximativement de cent lieues – quatre cents kilomètres – qui, ajoutées aux deux cents lieues précédentes, font bien trois cents.

une chose digne de mon amitié que d'entreprendre de traverser la France pour vous aller voir.

Je suis touchée du retour de vos cœurs entre le Coadjuteur* et vous : vous savez combien j'ai toujours trouvé que cela était nécessaire au bonheur de votre vie. Conservez bien ce trésor, ma pauvre bonne ; vous êtes vous-même charmée de sa bonté [1] ; faites-lui voir que vous n'êtes pas ingrate.

Je finirai tantôt ma lettre. Peut-être qu'à Lyon vous serez si étourdie de tous les honneurs qu'on vous y fera, que vous n'aurez pas le temps de lire tout ceci ; ayez au moins celui de me mander toujours de vos nouvelles, et comme vous vous portez, et votre aimable visage que j'aime tant, et si vous vous mettez sur ce diable de Rhône. Vous aurez à Lyon Monsieur de Marseille*.

Mercredi au soir.

Je viens de recevoir tout présentement votre lettre de Nogent. Elle m'a été donnée par un fort honnête homme, que j'ai questionné tant que j'ai pu ; mais votre lettre vaut mieux que tout ce qui se peut dire. Il était bien juste, ma bonne, que ce fût vous la première qui me fissiez rire, après m'avoir tant fait pleurer. Ce que vous mandez de M. Busche* [2] est original : cela s'appelle des traits dans le style de l'éloquence ; j'en ai donc ri, je vous l'avoue, et j'en serais honteuse, si depuis huit jours j'avais fait autre chose que pleurer. Hélas ! je le rencontrai dans la rue, ce M. Busche, qui amenait vos chevaux ; je l'arrêtai, et tout en pleurs je lui demandai son nom ; il me le dit. Je lui dis en sanglotant : « Monsieur Busche, je vous recommande ma fille, ne la versez [3] point ; et quand vous l'aurez menée heureusement à Lyon, venez me voir et me dire de

1. Le Coadjuteur avait renoncé à un projet pour accompagner Mme de Grignan.

2. M. Busche exerçait la profession de cocher. On ignore à quelle anecdote la marquise fait référence.

3. ***Versez*** : voir note 2, p. 69.

ses nouvelles ; je vous donnerai de quoi boire. » Je le ferai assurément, et ce que vous m'en mandez augmente beaucoup le respect que j'avais déjà pour lui. Mais vous ne vous portez point bien, 80 vous n'avez point dormi ? Le chocolat vous remettra ; mais vous n'avez point de chocolatière[1], j'y ai pensé mille fois ; comment ferez-vous ?

Hélas ! ma bonne, vous ne vous trompez pas, quand vous pensez que je suis occupée de vous encore plus que vous ne l'êtes 85 de moi, quoique vous me le paraissiez beaucoup. Si vous me voyiez, vous me verriez chercher ceux qui m'en veulent parler ; si vous m'écoutiez, vous entendriez bien que j'en parle. C'est assez vous dire que j'ai fait une visite d'une heure *[2], pour parler seulement des chemins et de la route de Lyon. Je n'ai encore vu aucun 90 de ceux qui veulent, disent-ils, me divertir ; parce qu'en paroles couvertes, c'est vouloir m'empêcher de penser à vous, et cela m'offense. Adieu, ma très aimable bonne, continuez à m'écrire et à m'aimer ; pour moi, mon ange, je suis tout entière à vous. Ma petite Deville *, ma pauvre Golier *, bonjour. J'ai un soin[3] extrême 95 de votre enfant. Je n'ai point de lettres de M. de Grignan ; je ne laisse pas de lui écrire[4].

Une écriture « à bride abattue »

Mme de Sévigné désigne la sincérité comme qualité essentielle des lettres reçues et envoyées. Dans cette perspective, elle revendique pour elle-même une écriture où le souci d'authenticité l'emporte largement sur la recherche formelle et le respect des conventions épistolaires fixées par les manuels du temps.

---

1. ***Chocolatière*** : récipient dans lequel on prépare le chocolat en boisson.
2. Il s'agit d'une visite à l'abbé Guéton * dont le père était banquier à Lyon.
3. ***Soin*** : souci.
4. ***Je ne laisse pas de lui écrire*** : je continue de lui écrire ; je ne manque pas de lui écrire.

Dans la lettre du 23 décembre 1671, après avoir consacré un développement aux missives qui lui apportent des nouvelles de Grignan, la marquise s'attache, dans un mouvement inverse mimant la réciprocité du geste épistolaire, à celles qu'elle écrit à sa fille et au « style négligé » qui les anime. En effet, l'épistolière rédige ses courriers sans correction ni révision, d'une manière spontanée et rapide. Pourtant, l'écriture « à bride abattue » ne renvoie pas à un abandon de l'expression à elle-même : le naturel désigne non pas une abdication en faveur de la nature mais un ensemble de virtualités qui ne se développent pas d'emblée et qui sont précisément actualisées dans le dialogue épistolaire. Le caractère sincère des missives, si prisé par Mme de Sévigné, n'est effectif que lorsqu'il n'est pas visé pour lui-même.

Négligence et réciprocité s'unissent donc pour sceller une sorte de pacte épistolaire.

(22). À MME DE GRIGNAN

À Paris, mercredi 23 décembre 1671.

[...] J'ai reçu votre lettre du 13 ; c'est au bout de sept jours présentement. En vérité, je tremble de penser qu'un enfant de trois semaines[1] ait eu la fièvre et la petite vérole[2]. C'est la chose du monde la plus extraordinaire. Mon Dieu ! d'où vient cette chaleur extrême dans ce petit corps ? Ne vous a-t-on rien dit du chocolat ? Je n'ai point le cœur content là-dessus. Je suis en peine de ce petit dauphin ; je l'aime, et comme je sais que vous l'aimez, j'y suis fortement attachée. Vous sentez donc l'amour maternel ; j'en suis fort aise. Eh bien ! moquez-vous présentement des craintes, des inquiétudes, des prévoyances, des tendresses, qui mettent le cœur en presse[3], du trouble que cela jette sur toute la vie ; vous ne serez

1. Il s'agit de Louis-Provence*, deuxième enfant de la comtesse de Grignan.
2. ***Petite vérole*** : variole.
3. ***Qui mettent le cœur en presse*** : qui vous oppressent.

plus étonnée de tous mes sentiments. J'ai cette obligation à cette petite créature. Je fais bien prier Dieu pour lui, et n'en suis pas moins en peine que vous. J'attends de ses nouvelles avec impa-
15 tience ; je n'ai pas huit jours à attendre ici comme aux Rochers. Voilà le plus grand agrément que je trouve ici ; car enfin, ma bonne, de bonne foi, vous m'êtes toutes choses, et vos lettres que je reçois deux fois la semaine font mon unique et sensible consolation en votre absence. Elles sont agréables, elles me sont chères,
20 elles me plaisent. Je les relis aussi bien que vous faites les miennes ; mais comme je suis une pleureuse, je ne puis pas seulement approcher des premières lignes sans pleurer du fond de mon cœur.

Est-il possible que les miennes vous soient agréables au point que vous me le dites ? Je ne les trouve point telles au sortir de mes
25 mains ; je crois qu'elles deviennent ainsi quand elles ont passé par les vôtres : enfin, ma bonne, c'est un grand bonheur que vous les aimiez ; car, de la manière dont vous en êtes accablée, vous seriez fort à plaindre si cela était autrement. M. de Coulanges * est bien en peine de savoir laquelle de vos *Madames* [1] y prend goût : nous
30 trouvons que c'est un bon signe pour elle ; car mon style est si négligé qu'il faut avoir un esprit naturel et du monde pour s'en pouvoir accommoder.

Je vous prie, ma bonne, ne vous fiez point aux deux lits [2] ; c'est un sujet de tentation : faites coucher quelqu'un dans votre
35 chambre. Sérieusement, ayez pitié de vous, de votre santé, et de la mienne. [...]

1. Mme de Grignan avait montré une lettre de sa mère à une femme de son entourage en Provence. Elle ne semblait pas cependant coutumière du fait. Par conséquent, on ne peut soutenir que la marquise écrivait pour un public plus large que sa fille.
2. Mme de Sévigné craignait que le comte ne rejoignît sa femme dans sa chambre. Elle redoutait en effet une nouvelle grossesse pour elle.

■ Les lettres ou la vie

Les lettres de Mme de Sévigné marquent l'avènement d'une écriture individuelle, propre à leur auteur et distincte même de celle de ses différents correspondants. Plus que les remarques de l'épistolière sur sa manière d'écrire, la singularité de son style a participé de la « littérarisation » postérieure de la correspondance. Mais la reconnaissance institutionnelle de la valeur littéraire des lettres tient peut-être plus profondément à ce qu'elles réfléchissent l'existence jusqu'à se confondre avec elle.

La lettre du 3 février 1672 mêle sans distinction apparente informations et réflexions sur la pratique épistolaire, soulignant ainsi combien sont liées la vie et l'écriture : le quotidien nourrit les missives qui le transposent, lui donnent forme et le recréent ; la matière de la lettre devient la lettre elle-même.

Les rythmes postaux, la matérialité du geste épistolaire et la rédaction des lettres règlent la vie de Mme de Sévigné, laquelle, en retour, passe les événements au crible de l'épistolaire : la démarche rejoint alors celle de l'artiste puisqu'elle est transfiguration du réel au plan de l'écriture.

(23). À MME DE GRIGNAN

À Paris, mercredi 3 février 1672, à dix heures du soir.

Je n'ai point reçu, ma bonne, les deux paquets de cette semaine ; celui du 24 est perdu. Je passai le lundi matin moi-même à la poste ; Dubois* me dit qu'il n'y en avait point pour moi. J'espérai que j'en recevrais par chez Monsieur d'Uzès* ou
5 par M. de Coulanges*, mais je n'ai rien reçu. Et sans croire jamais que vous m'eussiez oubliée, je me mis à regretter la perte de votre lettre, et d'autant plus que j'ai su, par une que M. de Grignan a écrite à Monsieur d'Uzès, que vous m'en aviez écrite une grande, où vous me parliez très amplement d'une affaire
10 dont M. de Grignan ne parle qu'en passant. Vous pouvez penser

si cette circonstance m'a consolée ! J'ai peur que votre Évêque[1] ne l'ait prise en Provence, car je ne crois point qu'elle soit venue à Paris ; Dubois en reçoit d'autres, et se trouve à l'ouverture du paquet. Enfin, je suis dans une véritable tristesse de ce malheur.
15 Je suis assurée qu'il y avait dans cette lettre mille choses que j'ai envie de savoir. Et surtout d'avoir introduit Parère*, selon vos désirs, vous m'en disiez bien quelque chose ? Je ne laisserai pas de m'aider très utilement de la lettre que M. de Grignan a écrite à Monsieur d'Uzès.

20 J'ai eu une heure de conversation avec M. de Pomponne*. Il faudrait plus de papier qu'il n'y en a dans mon cabinet pour vous dire la joie que nous eûmes de nous revoir, et comme nous passions à la hâte sur mille chapitres que nous n'avions pas le temps de traiter à fond. Enfin je ne l'ai point trouvé changé. Il est tou-
25 jours parfait ; il croit toujours que je vaux plus que je ne vaux effectivement. Son père lui a fait comprendre qu'il ne pouvait l'obliger plus sensiblement qu'en m'obligeant en toutes choses. Mille autres raisons, à ce qu'il dit, lui donnent ce même désir, et surtout il se trouve que j'ai le gouvernement de Provence sur les
30 bras[2]. C'est un prétexte admirable pour avoir bien des affaires ensemble ; voilà le seul chapitre qui ne fut point étranglé[3]. Je lui parlai à loisir de l'Évêque[4]. Il sait écouter aussi bien que répondre, et crut aisément tout le plan que je lui fis des manières du prélat. Il ne me parut pas qu'il approuvât qu'un homme de sa profession
35 voulût faire le gouverneur. Il me semble que je n'oubliai rien du tout de ce qu'il fallait dire. Il me donne toujours de l'esprit. Le sien

---

1. On ignore l'identité précise de cet évêque. S'agit-il de Forbin-Janson, dont il est question ensuite dans la lettre ?

2. M. de Pomponne venait de recevoir une charge de ministre et la Provence était dans ses attributions. Des bonnes relations de la marquise avec ce dernier dépendaient donc les affaires de M. de Grignan. Mme de Sévigné se trouvait ainsi avoir « le gouvernement de Provence sur les bras ».

3. ***Qui ne fut point étranglé*** : qui reçut tous les développements nécessaires.

4. Il s'agit de Forbin-Janson, évêque de Marseille qui s'opposait au comte de Grignan sur la question de la gratification des gardes.

est tellement aisé qu'on prend sans y penser une confiance qui fait qu'on parle heureusement de tout ce qu'on pense ; je connais mille gens qui font le contraire. Enfin, ma bonne, sans vouloir m'attirer de nouvelles douceurs, dont vous êtes prodigue pour moi, je sortis avec une joie incroyable, dans la pensée que cette liaison avec lui vous serait très utile. Nous sommes demeurés d'accord de nous écrire ; il aime mon style naturel et dérangé, quoique le sien soit comme celui de l'éloquence même.

J'ai écrit tantôt pour faire avoir l'ordonnance de Rippert*[1], et pour faire en sorte que Parère ait la Provence dans son emploi, en le récompensant d'ailleurs, car sans cela ce serait lui couper la gorge de lui ôter la Bretagne[2] ; mais j'espère que M. de Pomponne* ajustera tous ces divers intérêts. M. Le Camus* est très bien préparé aussi à recevoir l'Évêque. L'absence de Monsieur d'Uzès me désespère ; nous aurions grand besoin de discourir ensemble. Il est vrai que Rippert va et vient.

Je vous mandai[3] l'autre jour de tristes nouvelles du pauvre Chevalier*[4] ; on venait de me les donner de même. J'appris le soir qu'il n'était pas si mal ; et enfin il est encore en vie, quoiqu'il ait été au-delà de l'extrême-onction[5] et qu'il soit encore très mal. Sa petite vérole[6] sort et sèche en même temps ; il me semble que c'est tout comme celle de Mme de Saint-Simon*. Rippert vous en écrira plus sûrement que moi. J'en sais pourtant tous les jours des nouvelles, et j'en suis dans une très véritable inquiétude ; je l'aime encore plus que je ne pensais.

---

1. Mme de Sévigné avait écrit afin que Rippert reçût l'argent nécessaire à tous ses déplacements entre la Provence et Paris.

2. Mme de Sévigné souhaitait que Parère conservât la Provence dans ses attributions plutôt que la Bretagne, province plus libérale.

3. ***Mandai*** : voir note 5, p. 34.

4. Il s'agit de Charles-Philippe de Grignan, l'un des plus jeunes frères du comte de Grignan, décédé le 6 février 1672.

5. ***Extrême-onction*** : sacrement de l'Église administré aux fidèles juste avant la mort par l'application d'huiles saintes sur le front et les mains.

6. ***Petite vérole*** : voir note 2, p. 115.

Cette nuit, Mme la princesse de Conti* est tombée en apoplexie[1]. Elle n'est pas encore morte, mais elle n'a aucune connaissance ; elle est sans pouls et sans parole. On la martyrise pour la
65 faire revenir. Il y a cent personnes dans sa chambre, trois cents dans sa maison ; on pleure, on crie. Voilà tout ce que j'en sais jusqu'à l'heure qu'il est. Pour Monsieur le Chancelier*[2], il est mort très assurément, mais mort en grand homme. Son bel esprit, sa prodigieuse mémoire, sa naturelle éloquence, sa haute piété, se
70 sont rassemblés aux derniers jours de sa vie. La comparaison du flambeau qui redouble sa lumière en finissant, est juste pour lui. Le Mascaron* l'assistait, et se trouvait confondu par ses réponses et par ses citations. Il paraphrasait le *Miserere*[3], et faisait pleurer tout le monde ; il citait la sainte Écriture et les Pères[4], mieux que
75 les évêques dont il était environné. Enfin, sa mort est une des plus belles et des plus extraordinaires choses du monde. Ce qui l'est encore plus, c'est qu'il n'a point laissé de grands biens ; il était aussi riche en entrant à la cour, qu'il l'était en mourant. Il est vrai qu'il a établi sa famille, mais si l'on prenait chez lui, ce n'était pas
80 lui. Il ne laisse que soixante et dix mille livres de rente : est-ce du bien pour un homme qui a été quarante ans chancelier, et qui était riche naturellement ? La mort découvre bien des choses ; ce n'est point de sa famille que je sais tout ceci. On les voit ; nous avons fait aujourd'hui nos stations[5], Mme de Coulanges* et moi.
85 Mme de Verneuil* est si mal qu'elle n'a pu voir le monde. Il suffira, ma bonne, que vous me priiez de faire vos compliments partout. Mais nommez celles[6] que vous connaissez le plus ; je vous acquitterai de tout. Vous voyez que je vous ménage, quand

1. ***Apoplexie*** : perte de connaissance subite.
2. Il s'agit du chancelier Séguier*.
3. ***Miserere*** : il s'agit du psaume « *Miserere mei, Deus* », l'un des sept psaumes de pénitence de la Bible.
4. ***Pères*** : théoriciens de la foi catholique dont l'Église a approuvé la doctrine.
5. ***Stations*** : ici, prières.
6. ***Celles*** : les personnes.

je puis, mais il y a des gens qui n'entendent point cela. La maison
90 de Mesmes* croit se venger en différant les réponses ; je crains que cela ne vous corrige pas d'écrire *tard.* Mon Dieu ! voilà des traits de Mme de Coulanges[1] ! Je lui dis tous les jours qu'elle me gâte.

Je vous enverrai du papier ; assurément il m'en reviendra une
95 partie. Ce serait une belle épargne de le retenir dès ici, puisqu'aussi bien vous me le renverrez, voilà une belle pensée ! Mais, ma bonne, quand il aura passé par vos mains, il me sera d'un prix inestimable. Jugez-en par l'amitié que vous avez pour mes lettres, et mettez encore quelque chose par-dessus. Voilà de la poudre
00 pour les parfumer ; je n'ai point senti la mauvaise senteur des vôtres. Je ne sens que le plaisir à les lire, et le désespoir de les perdre.

On ne sait encore qui aura les sceaux[2] ; il n'y a rien de nouveau.

05 La Fiennes* a quitté la principauté ; c'est le marquis d'Effiat* qui la possède. Elle a sa petite maison. La Montereau* et M. de Foix* y font la partie carrée. La Salins* meurt de jalousie ; songez qu'elle voudrait être de cette aimable société et qu'on la rebute. L'abbé d'Effiat* m'a fort divertie ; ne le nommez pas en écrivant
10 ici. Mme de Langeron* ne veut plus voir sa sœur.

Je vous conjure d'écrire au Coadjuteur* qu'il songe à faire réponse sur l'affaire dont lui écrit Monsieur d'Agen*[3] ; j'en suis tourmentée. Cela est mal d'être paresseux avec un évêque de réputation. Je remets tous les jours à écrire à ce Coadjuteur ; son
15 irrégularité me débauche. Je l'admire et je l'imite.

---

1. Si la maison de Mesmes faisait attendre ses courriers, Mme de Grignan et Mme de Coulanges, elles, écrivaient souvent au dernier moment, avant le départ du courrier.

2. ***On ne sait encore qui aura les sceaux*** : on ne sait encore qui remplacera Séguier*.

3. L'abbé d'Agen avait écrit au Coadjuteur au sujet d'une affaire concernant le diocèse placé sous sa juridiction.

J'embrasse M. de Grignan. Ne vous adore-t-il pas toujours ? Est-il encore question des grives ? Il y avait l'autre jour une dame qui confondit ce qu'on dit d'une grive. Et au lieu de dire : *elle est soûle comme une grive*[1], elle dit d'un ton niais que la Première
120 Présidente *était sourde comme une grive* ; cela fait rire. Je vous dirai son nom vendredi.

Ma bonne, je vous aime, ce me semble, bien plus que moi-même. Votre fille[2] est aimable ; je m'y amuse. De bonne foi, elle embellit tous les jours. Ce petit ménage me donne la vie. Je vous
125 embrasse, mon ange, avec une tendresse qui me brûle le cœur.

J'oubliais de vous dire que M. de Pomponne me pria de vous faire ses compliments. M. et Mme de Coulanges vous en font mille, et le cher Abbé*. Ma tante est toujours très mal[3]. La Mousse* vous adore. Nous parlons souvent de vous. Mais qui est-ce qui ne m'en
130 parle point ? Et qui ne souhaiterait point votre établissement au milieu de la cour ? Y a-t-il rien qui vous y vaille l'un et l'autre ?

Hélas ! ma bonne, voici encore un petit bout de l'an, mais que je sens bien cruellement : il y a demain un an que vous partîtes, que vous me quittâtes, que je pensai mourir, que je fondis en pleurs. Et
135 je ne puis encore du tout en soutenir la pensée !

Correspondance, éd. Roger Duchêne,
coll. « Bibliothèque de la Pléiade », © Gallimard.

---

1. L'expression « soûl comme une grive » vient de l'habitude de la grive des vignes de se gorger de raisin à l'époque des vendanges et de son comportement imprévisible, comparé à celui d'un individu soûl.
2. Il s'agit de Marie-Blanche de Grignan*. Voir note 3, p. 54.
3. Dans la lettre 2, datée du 20 juin 1672, Mme de Sévigné fait déjà état de la maladie de sa tante, laquelle se meurt en mars de la même année (lettre 19, p. 105).

INDEX

Noms de personnes cités dans les lettres

INDEX

Les chiffres indiqués après les notices renvoient aux lettres.

BOILEAU (Nicolas, seigneur Despréaux, 1636-1711) : auteur notamment des *Satires,* dans lesquelles il se montra particulièrement virulent à l'égard des écrivains dont il n'approuvait pas le style (tel Chapelain) et loua ses amis (tel Molière) – 19.

BOURDALOUE (père Louis, 1632-1704) : prédicateur jésuite ; orateur favori de la cour devant laquelle il prêcha très souvent pour le carême et l'avent (de 1670 à 1693). Ses sermons faisaient montre d'une morale exigeante et d'un style très austère – 13.

BRANCAS (Charles, duc de) : relation de Mme de Sévigné ; il inspira à La Bruyère (1645-1696) le portrait du distrait Ménalque dans les *Caractères* – 17.

BUSCHE (M.) : cocher – 21.

BUSSY-RABUTIN (Roger, comte de) : cousin de Mme de Sévigné. Auteur de l'*Histoire amoureuse des Gaules* (1665) qui lui valut d'être disgracié puis exilé.

CHAMPMESLÉ (Anne Desmares, dite la, 1642-1698) : tragédienne, elle débuta en 1669 et se rendit célèbre en interprétant des grands rôles du théâtre de Racine. Elle fut un temps la maîtresse du dramaturge – 19.

CHAULNES (Élizabeth Le Féron, duchesse de) : femme du gouverneur de Bretagne, amie de Mme de Sévigné – 6, 17, 18.

Chevalier (Monsieur le) : voir GRIGNAN (Charles-Philippe, puis Joseph de).

Coadjuteur (Monsieur le) : voir GRIGNAN (Jean-Baptiste de).

COISLIN (Madeleine du Halgoët, duchesse de) : femme de la haute noblesse – 6.

COLBERT (Mlle) : seconde fille du ministre des Finances de Louis XIV.

CONDÉ (Louis II de Bourbon, prince de, dit le Grand Condé, 1621-1686) : fils d'Henri II de Bourbon ; compromis par le rôle qu'il joua lors de la Fronde où il prit la tête de la révolte des princes, il rentra en grâce à partir de 1659 – 2, 4, 6, 7.

CONTI (Anne-Marie Martinozzi, princesse de) : femme du frère cadet de Condé – 23.

LE CAMUS (Nicolas) : premier président de la Cour des aides – 11, 23.

LONGUEVILLE (Anne-Geneviève de Bourbon, duchesse de) : sœur de Condé – 2.

LONGUEVILLE (Charles-Louis d'Orléans, chevalier de) : fils illégitime de la duchesse de Longueville et du duc de La Rochefoucauld – 2.

LOUIS-PROVENCE : voir GRIGNAN (Louis-Provence de).

MADEMOISELLE : voir MONTPENSIER (duchesse de).

MAINTENON (Françoise d'Aubigné, marquise de, 1635-1719) : à la mort de son mari, le poète Scarron, elle fut chargée d'élever les enfants de Louis XIV et de Mme de Montespan, favorite qu'elle supplanta – 6.

MARIE-BLANCHE : voir GRIGNAN (Marie-Blanche de).

MARSEILLE (Monsieur de) : voir FORBIN-JANSON (Toussaint de).

MARTIN (la) : coiffeuse réputée à l'époque de Mme de Sévigné – 8.

MASCARON (père Jules, 1634-1703) : prédicateur contemporain du père Bourdaloue – 13, 23.

MESMES (maison de) : famille établie à Livry (voir aussi IRVAL) – 23.

MONTEREAU (Mme de) : femme qui multipliait les aventures galantes – 23.

MONTESPAN (Françoise-Athénaïs de Rochechouart-Mortemart, marquise de, 1641-1707) : favorite de Louis XIV à partir de 1667, elle eut six enfants du Roi ; Mme de Maintenon la remplaça – 10.

MONTGOBERT (Élisabeth de) : confidente de Mme de Sévigné – 8.

MONTPENSIER (Anne-Marie-Louise d'Orléans, duchesse de, 1627-1693) : fille de Gaston d'Orléans ; on la nomma « la Grande Mademoiselle » pour la distinguer de Marie-Louise, fille de Philippe d'Orléans et petite-fille de Henri IV ; cousine de Louis XIV. Elle prit part à la Fronde et laissa des mémoires – 3, 10.

MOREUIL : premier gentilhomme de la Chambre du prince de Condé – 4.

NEVERS (Diane-Gabrielle de Damas, duchesse de) : nièce de Mme de Montespan – 8.

PUY-DU-FOU (Madeleine de Bellièvre, Mme du) : seconde belle-mère de M. de Grignan – 10.

RETZ (Paule-Marguerite de Gondi, Mlle de) : nièce du cardinal de Retz – 3.

RIPPERT (Jean de) : capitaine des gardes de M. de Grignan – 23.

ROBINET (Mme) : sage-femme – 9, 10.

ROCHEBONNE (Thérèse de Grignan, marquise de) : sœur du comte de Grignan – 17, 18.

ROHAN (Marguerite, duchesse de) : fille unique et héritière du duc de Rohan, elle avait épousé un simple gentilhomme – 3.

SAINT-AIGNAN (François de Beauvillier, comte puis duc de) : membre de l'Académie française – 5.

SAINT-GENIEZ (Henri de Montault-Navailles, comte de) : relation de Mme de Sévigné – 20.

SAINT-SIMON (Diane-Henriette de Budos, première duchesse de) : première femme du père du mémorialiste Saint-Simon (1675-1755) – 23.

SALINS : voir GARNIER DE SALINS (Mme).

SCARRON (Mme) : voir MAINTENON (marquise de).

SCUDÉRY (Madeleine de, 1607-1701) : auteur de romans à clef galants et précieux (*Le Grand Cyrus, Clélie*) – 1, 3.

SÉGUIER (Pierre, Monsieur le Chancelier, 1588-1672) : chancelier sous Louis XIII et Louis XIV, il instruisit le procès de Cinq-Mars et présida celui de Foucquet dont il était un ennemi déclaré (les deux hommes s'étaient notamment opposés lors de la Fronde, le premier ayant pris le parti des princes et le second ayant défendu la cause du Roi) – 1, 23.

SULLY (Marie-Antoinette Servien, duchesse de) : fille du collègue de Foucquet aux Finances. Jeune, elle avait dansé à la cour avec la fille de Mme de Sévigné – 6, 8.

DOSSIER

- La lettre au temps de Mme de Sévigné
- La réception de la correspondance de Mme de Sévigné
- Pour en savoir plus et approfondir sa lecture

La lettre au temps de Mme de Sévigné

Voiture, « Lettres », *Œuvres* (éd. posth., 1650)

Vincent Voiture (1597-1648) est l'aîné de la marquise, de quelques années. Comme elle, il a fréquenté assidûment les cercles mondains dans sa jeunesse : dès 1626, il était reçu à l'hôtel de Rambouillet et apprécié pour son esprit. Poète de salon, il a également laissé une correspondance volumineuse, publiée après sa mort : se refusant à passer pour un auteur, il a cependant illustré le genre de la lettre galante, qui connaissait à son époque un certain succès littéraire et mondain.
Tout entière travaillée par une rhétorique du paradoxe, la missive reproduite ici se distingue par la virtuosité de l'expression plus que par l'analyse convenue du sentiment amoureux. Chez le représentant de la préciosité, à l'inverse de Mme de Sévigné, la recherche formelle et le badinage l'emportent largement sur la sincérité et l'authenticité parce qu'il s'agit de plaire à un public choisi et non à un destinataire particulier.

Enfin je suis ici arrivé en vie : et j'ai honte de vous le dire. Car il me semble qu'un honnête homme ne devrait pas vivre après avoir été dix jours sans vous voir. Je m'étonnerais davantage de l'avoir pu faire si je ne savais pas qu'il y a quelque temps qu'il ne m'arrive que des choses extraordinaires et auxquelles je ne me suis point attendu, et que, depuis que je vous ai vue, il ne se fait plus rien en moi que par miracle. En vérité, c'en est un effet étrange que j'aie pu résister jusqu'ici à tant de déplaisirs et qu'un homme percé de tant de coups puisse durer si longtemps ! Il n'y a point d'accablement, de tristesse, ni de langueur pareille à celle où je me trouve. L'amour et la crainte, le regret et l'impatience m'agitent diversement à toutes heures et ce cœur que je vous avais donné entier est maintenant déchiré en mille pièces. Mais vous êtes dans chacune d'elles et je ne voudrais pas avoir donné la plus petite à tout ce que je vois ici. Cependant, au milieu de tant et de si mortels ennuis, je vous assure que je ne suis pas à plaindre. Car ce n'est que dans la basse région de mon esprit que les orages se forment. Et tandis que les nuages vont et viennent, la plus haute partie de mon âme demeure claire et sereine : et vous y êtes toujours belle, gaie et éclatante, telle que vous étiez dans les plus beaux jours où je vous ai vue, et avec ces rayons de lumière et de beauté que l'on voit quelquefois à l'entour de vous. Je vous avoue que toutes les fois que mon imagination se tourne de côté-là, je perds le sentiment de toutes mes peines. De sorte qu'il arrive souvent que lorsque mon cœur souffre des tourments extrêmes, mon âme goûte des félicités infinies, et au même temps que je pleure et que je m'afflige, que je me considère éloigné de votre présence et peut-être de votre pensée, je ne voudrais pas changer ma fortune avec ceux qui voient, qui sont aimés et qui jouissent. Je ne sais si vous pouvez concevoir ces contrariétés [1], vous, Madame, qui avez l'âme si tranquille. C'est tout ce que je puis faire que de les comprendre, moi qui les ressens : et je m'étonne souvent de me trouver si heureux et si malheureux ensemble.

Guilleragues, « Première lettre », *Lettres portugaises* (1669)

En 1669, deux ans avant que Mme de Sévigné n'entre en correspondance avec sa fille, paraissait de manière anonyme, un ouvrage intitulé *Lettres portugaises*. Les cinq lettres qui composaient le livre étaient adressées, d'après l'avis du libraire, à un gentilhomme français passionnément aimé par une nonne éplorée ; elles étaient supposées être traduites par Guilleragues, gentilhomme ordinaire de la Chambre du Roi. En réalité, la paternité du recueil des missives lui revenait entièrement. Les lecteurs ne doutèrent pas de l'authenticité des lettres.

Malgré la différence des situations, la marquise et la religieuse font la même expérience d'un amour empêché par l'éloignement : les mêmes symptômes douloureux se trouvent sous la plume des deux

1. *Contrariétés* : ici, contradictions.

femmes, les mêmes accents pathétiques parfois. Ce que les *Lettres portugaises* ont porté sur la scène littéraire, l'épistolière l'a avant tout ressenti en son for intérieur.

Considère, mon amour, jusqu'à quel excès tu as manqué de prévoyance. Ah ! malheureux ! tu as été trahie, et tu m'as trahi par des espérances trompeuses. Une passion sur laquelle tu avais fait tant de projets de plaisirs, ne te cause présentement qu'un mortel désespoir, qui ne peut être comparé qu'à la cruauté de l'absence qui le cause. Quoi ? cette absence, à laquelle ma douleur, tout ingénieuse qu'elle est, ne peut donner un nom assez funeste, me privera donc pour toujours de regarder ces yeux dans lesquels je voyais tant d'amour, et qui me faisaient connaître des mouvements qui me comblaient de joie, qui me tenaient lieu de toutes choses, et qui enfin me suffisaient ? Hélas ! les miens sont privés de la seule lumière qui les animait, il ne leur reste que des larmes, et je ne les ai employés à aucun usage qu'à pleurer sans cesse, depuis que j'appris que vous étiez enfin résolu à un éloignement qui m'est si insupportable, qu'il me fera mourir en peu de temps. Cependant il me semble que j'ai quelque attachement pour des malheurs dont vous êtes la seule cause : je vous ai destiné ma vie aussitôt que je vous ai vu, et je sens quelque plaisir en vous la sacrifiant. J'envoie mille fois le jour mes soupirs vers vous, ils vous cherchent en tous lieux, et ils ne me rapportent, pour toute récompense de tant d'inquiétudes, qu'un avertissement trop sincère que me donne ma mauvaise fortune, qui a la cruauté de ne souffrir pas que je me flatte, et qui me dit à tous moments : cesse, cesse, Mariane infortunée, de te consumer vainement, et de chercher un amant que tu ne verras jamais ; qui a passé les mers pour te fuir, qui est en France au milieu des plaisirs, qui ne pense pas un seul moment à tes douleurs, et qui te dispense de tous ces transports, desquels il ne te sait aucun gré. Mais non, je ne puis me résoudre à juger si injurieusement de vous, et je suis trop intéressée à vous justifier : je ne veux point m'imaginer que vous m'avez oubliée.

La réception de la correspondance de Mme de Sévigné

Proust, *À l'ombre des jeunes filles en fleurs* (1918)

Un siècle après Voltaire qui prisait le style libre et vivant des lettres de Mme de Sévigné, Marcel Proust a vu en elles un chef-d'œuvre de littérature : dans la *Recherche*, le narrateur distingue ainsi l'apparence et l'essence des lettres ; pour lui, les missives de la marquise cherchent moins à reproduire le monde qu'à le recréer par le biais des sensations et des impressions.

Il ne faut pas se laisser tromper par des particularités purement formelles qui tiennent à l'époque, à la vie de salon et qui font que certaines personnes croient qu'elles ont fait leur Sévigné quand elles ont dit : « Mandez-moi, ma bonne » ou « Ce comte me parut avoir bien de l'esprit », ou « Faner est la plus jolie chose du monde ». Déjà Mme de Simiane s'imagine ressembler à sa grand'mère, parce qu'elle écrit : « M. de la Boulie se porte à merveille, Monsieur, et il est fort en état d'entendre des nouvelles de sa mort », ou « Oh ! mon cher marquis, que votre lettre me plaît ! Le moyen de ne pas y répondre », ou encore : « Il me semble, Monsieur, que vous me devez une réponse, et moi des tabatières de bergamote[1]. Je m'en acquitte pour huit, il en viendra d'autres... ; jamais la terre n'en avait tant porté. C'est apparemment pour vous plaire. » Et elle écrit dans ce même genre la lettre sur la saignée, sur les citrons, etc., qu'elle se figure être des lettres de Mme de Sévigné. Mais ma grand'mère, qui était venue à celle-ci par le dedans, par l'amour pour les siens, pour la nature, m'avait appris à en aimer les vraies beautés, qui sont tout autres. Elles devaient bientôt me frapper d'autant plus que Mme de Sévigné est une grande artiste de la même famille qu'un peintre que j'allais rencontrer à Balbec et qui eut une influence si profonde sur ma vision des choses, Elstir. Je me

1. *Bergamote* : fruit du bergamotier, un arbre proche de l'oranger, dont on extrait une essence d'odeur agréable.

rendis compte à Balbec que c'est de la même façon que lui qu'elle nous présente les choses, dans l'ordre de nos perceptions, au lieu de les expliquer d'abord par leur cause. Mais déjà cet après-midi-là, dans ce wagon, en relisant la lettre où apparaît le clair de lune : « Je ne pus résister à la tentation, je mets toutes mes coiffes et casaques [1] qui n'étaient pas nécessaires, je vais dans ce mail [2] dont l'air est bon comme celui de ma chambre ; je trouve mille coquecigrues [3], des moines blancs et noirs, plusieurs religieuses grises et blanches, du linge jeté par-ci par-là, des hommes ensevelis tout droits contre des arbres... [4] », je fus ravi par ce que j'eusse appelé un peu plus tard (ne peint-elle pas les paysages de la même façon que lui, les caractères ?) le côté Dostoïevski des *Lettres* de Mme de Sévigné.

Duchêne, *Mme de Sévigné et la lettre d'amour* (1992)

La correspondance de Mme de Sévigné a donné lieu, au XXe siècle, à un débat littéraire entre spécialistes : à la suite de Jean Cordelier, Bernard Bray a lu dans la promesse faite par l'épistolière à sa fille – « je vivrai pour vous aimer » (lettre 9) – la profession de foi d'un auteur, valant pour un « je vivrai pour vous écrire ». La sensibilité littéraire, dont témoignerait, selon ces deux critiques, la glose épistolaire de la marquise, aurait partie liée à la lucidité d'une mère qui fonde sur l'affection vouée à sa fille sa vocation d'écrivain. Contre l'idée que la correspondance aurait acquis une manière d'autonomie littéraire, Roger Duchêne a valorisé l'aspect spontané de l'écriture épistolaire, soulignant que la marquise écrivait à et pour Mme de Grignan sans autre souci que de lui plaire, de l'engager à écrire à son tour et de restaurer la transparence des cœurs.

Tous ceux qui veulent donner aux *Lettres* une fonction qu'elles n'ont jamais eue s'égarent parce qu'ils refusent de placer en leur

1. *Casaque* : manteau à manches larges.
2. *Mail* : ici, allée bordée d'arbres.
3. *Coquecigrues* : animaux imaginaires, chimères.
4. Lettre du 12 juin 1680, non reproduite dans la présente édition.

centre celle qui l'occupe si fortement, Françoise-Marguerite de Grignan.

« Les *Lettres* nous offrent, affirme B. Bray, le meilleur exemple qui soit d'une œuvre close, qui s'écrit en décrivant les conditions de sa création, d'une œuvre qui est essentiellement histoire et reflet d'elle-même. »

Alors pourquoi refuser de placer au centre des « conditions de (la) création » décrites dans l'œuvre l'amour pour Mme de Grignan, auquel toutes les autres conditions sont constamment subordonnées ? Pourquoi parler du « caractère obsessionnel » de l'écriture, quand le désir d'écrire, né de l'absence, résulte du « caractère obsessionnel » de la passion ? Que Mme de Sévigné préfère au monde la solitude de la chambre où elle écrit, cela signifie qu'elle préfère à tout autre plaisir le commerce épistolaire avec la comtesse, non qu'elle est occupée d'un projet littéraire. Ce n'est pas l'écritoire constamment sous la main, mais toujours *en présence de* sa fille que Coulanges la voyait. Loin d'être « essentiellement histoire et reflet d'elle-même », l'œuvre est au contraire le reflet d'une histoire. On ne peut parler d'« œuvre close », ou seulement en ce sens que, pour l'épistolière, les lettres s'inscrivent dans le circuit fermé de ses rapports avec sa fille ; en la personne de quelques amis privilégiés, le public n'avait d'autre rôle que celui, nullement littéraire, de garantir le bien-fondé de son affection, quand elle la croyait mal récompensée, ou de contempler son triomphe, quand la comtesse y répondait.

Il ne faut pas lire les lettres à Mme de Grignan du même œil que celles adressées par la marquise à ses autres correspondants, différentes des lettres de ses contemporains mondains seulement par un peu plus de facilité de plume, d'agilité dans l'esprit, d'habileté à se servir des mots. Les lettres à la bien-aimée sont d'un autre ordre, et il faut proclamer leur originalité, et même leur singularité. Leur intérêt ne vient plus de ce que la marquise, selon ses contemporains, était naturellement au diapason d'autrui ; leur valeur est due, au contraire, à ce qu'elle s'est exprimée malgré les dissonances qui existaient entre sa fille et elle. Il lui a fallu inventer ; le don verbal, au lieu d'avoir seulement pour but le désir de plaire grâce au bonheur de l'expression, a dû être mis au service d'une fin plus urgente, convaincre la bien-aimée absente d'un amour indicible et menacé. D'où « la métamorphose » de Mme de Sévigné ; son « aventure » n'est pas, en écrivant, de partir à la découverte de la *Condition humaine* mais, plus simplement, ou peut-être plus profondément, comme dans le roman du XVIIe siècle, de raconter, ou de s'efforcer de taire son amour.

Cette « aventure »-là n'est pas de celles que l'on affiche, surtout quand on est janséniste[1] et déchiré entre l'amour de la créature et celui du Créateur. La nature des lettres à Mme de Grignan exclut que Mme de Sévigné ait conçu son commerce avec elle comme un exercice de style, comme des morceaux choisis destinés aux provinciaux de Grignan ou d'Aix, ou à l'admiration des salons parisiens. La correspondance avec la comtesse est intime, toute personnelle, d'autant moins conçue comme une œuvre qu'elle fait partie de la vie, qu'elle est la vie. La marquise ne songe pas à l'opinion de ses contemporains, elle ne pense qu'à sa fille, soucieuse des retards et des sous-entendus des lettres de sa correspondante, non du style des siennes, de leur réputation, de leur avenir.

En vérité, la passion maternelle de Mme de Sévigné a été l'« occasion » qui l'a transformée en grand écrivain. Mais cette occasion a été pour elle l'événement essentiel. Son amour l'aveuglait trop pour qu'elle ait eu conscience de l'originalité de ce que nous appelons son œuvre et pour qu'elle ait songé à combler le vide de l'absence par un *plaisir d'écrire* différent du *plaisir d'écrire à* sa fille. Cela certes peut surprendre les lecteurs modernes, pour qui la fonction littéraire, devenue sacerdoce, n'a pu qu'être conférée « *de toute éternité* ». Cela n'aurait pas moins étonné Boileau, et tous ceux qui, autour de lui, ont conçu l'œuvre d'art comme le résultat à la fois d'un travail patient et d'un besoin d'écrire inscrit dans les astres. Mais *Les Provinciales* et les *Pensées* aussi ont été écrites par un écrivain d'occasion, et les *Maximes* de La Rochefoucauld, et même les *Sermons* de Bossuet. Combien ont cru être de grands écrivains dont « le talent » était d'être « plutôt

1. *Janséniste* : voir présentation, note 1, p. 10.

maçons » ? Le « talent » de Mme de Sévigné était d'être un grand écrivain, et elle s'est crue seulement marquise et mère. Qu'importe, puisque la surabondance de ses dons a permis au chef-d'œuvre de naître par surcroît ?

Roger Duchêne, *Mme de Sévigné et la lettre d'amour*, Klincksieck, 1992.

Pour en savoir plus et approfondir sa lecture

J.-M. Bruson, A. Forray-Carlier, J.-F. Groulier, J. Lichtenstein, *L'ABCdaire de Mme de Sévigné*, Flammarion, 1996.

J. Cordelier, *Mme de Sévigné par elle-même*, Seuil, coll. « Écrivains de toujours », 1967.

M. Cuénin, R. Zuber, *Histoire de la littérature française. Le Classicisme*, GF-Flammarion, 1998.

R. Duchêne, *Écrire au temps de Mme de Sévigné*, Vrin, 1982.

Notes et citations

Notes et citations

Notes et citations

Notes et citations

Les classiques et les contemporains dans la même collection

ANDERSEN
La Petite Fille et les allumettes et autres contes (171)

APULÉE
Amour et Psyché (2073)

ASIMOV
Le Club des Veufs noirs (314)

AUCASSIN ET NICOLETTE
(43)

BALZAC
Le Bal de Sceaux (132)
Le Chef-d'œuvre inconnu (2208)
Le Colonel Chabert (2007)
Ferragus (48)
La Maison du chat-qui-pelote (2027)
La Vendetta (28)

BARBEY D'AUREVILLY
Les Diaboliques – Le Rideau cramoisi, Le Bonheur dans le crime (2190)

BARRIE
Peter Pan (2179)

BAUDELAIRE
Les Fleurs du mal (2115)

BAUM (L. FRANK)
Le Magicien d'Oz (315)

LA BELLE ET LA BÊTE ET AUTRES CONTES
(90)

BERBEROVA
L'Accompagnatrice (6)

BERNARDIN DE SAINT-PIERRE
Paul et Virginie (2170)

LA BIBLE
Histoire d'Abraham (2102)
Histoire de Moïse (2076)

BOVE
Le Crime d'une nuit. Le Retour de l'enfant (2201)

BRADBURY
L'Heure H et autres nouvelles (2050)
L'Homme brûlant et autres nouvelles (2110)

CARRIÈRE (JEAN-CLAUDE)
La Controverse de Valladolid (164)

CARROLL
Alice au pays des merveilles (2075)

CHAMISSO
L'Étrange Histoire de Peter Schlemihl (174)

LA CHANSON DE ROLAND (2151)

CHATEAUBRIAND
Mémoires d'outre-tombe (101)

CHEDID (ANDRÉE)
L'Enfant des manèges et autres nouvelles (70)
Le Message (310)

CHRÉTIEN DE TROYES
Lancelot ou le Chevalier de la charrette (116)
Perceval ou le Conte du Graal (88)
Yvain ou le Chevalier au lion (66)

CLAUDEL (PHILIPPE)
Les Confidents et autres nouvelles (246)

COLETTE
Le Blé en herbe (257)

COLLODI
Pinocchio (2136)

CORNEILLE
Le Cid (2018)

DAUDET
Aventures prodigieuses de Tartarin de Tarascon (2210)
Lettres de mon moulin (2068)

DEFOE
Robinson Crusoé (120)

DIDEROT
Jacques le Fataliste (317)
Le Neveu de Rameau (2218)
Supplément au Voyage de Bougainville (189)

DOYLE
Le Dernier Problème. La Maison vide (64)
Trois Aventures de Sherlock Holmes (37)

DUMAS
Le Comte de Monte-Cristo, t. 1 et 2 (2085 et 2086)
Pauline (233)
Les Trois Mousquetaires, t. 1 et 2 (2142 et 2144)

FABLIAUX DU MOYEN ÂGE (71)

LA FARCE DE MAÎTRE PATHELIN (3)

LA FARCE DU CUVIER ET AUTRES FARCES DU MOYEN ÂGE (139)

FERNEY (ALICE)
Grâce et Dénuement (197)

FLAUBERT
La Légende de saint Julien l'Hospitalier (111)
Un cœur simple (47)

GAUTIER
Le Capitaine Fracasse (2207)
La Morte amoureuse. La Cafetière et autres nouvelles (2025)

GOGOL
Le Nez. Le Manteau (5)

GRAFFIGNY (MME DE)
Lettres d'une péruvienne (2216)

GRIMM
Le Petit Chaperon Rouge et autres contes (98)

GRUMBERG (JEAN-CLAUDE)
L'Atelier (196)

HOFFMANN
L'Enfant étranger (2067)
L'Homme au Sable (2176)
Le Violon de Crémone. Les Mines de Falun (2036)

HOLDER (ÉRIC)
Mademoiselle Chambon (2153)

HOMÈRE
Les Aventures extraordinaires d'Ulysse (2225)
L'Iliade (2113)
L'Odyssée (125)

HUGO
Claude Gueux (121)
Le Dernier Jour d'un condamné (2074)
Les Misérables, t. 1 et 2 (96 et 97)
Notre-Dame de Paris (160)
Poésies 1. Enfances (2040)
Poésies 2. De Napoléon Ier à Napoléon III (2041)
Quatrevingt-treize (241)
Le roi s'amuse (307)
Ruy Blas (243)

JAMES
Le Tour d'écrou (236)

JARRY
Ubu Roi (2105)

KAFKA
La Métamorphose (83)

LABICHE
Un chapeau de paille d'Italie (114)

LA BRUYÈRE
Les Caractères (2186)

MME DE LAFAYETTE
La Princesse de Clèves (308)

LA FONTAINE
Fables (2051)

LAROUI (FOUAD)
L'Oued et le Consul et autres nouvelles (239)

LE FANU (SHERIDAN)
Carmilla (313)

LEROUX
Le Mystère de la Chambre Jaune (103)
Le Parfum de la dame en noir (2202)

LOTI
Le Roman d'un enfant (94)

MARIE DE FRANCE
Lais (2046)

MATHESON (RICHARD)
Au bord du précipice et autres nouvelles (178)
Enfer sur mesure et autres nouvelles (2209)

MAUPASSANT
Boule de suif (2087)
Le Horla et autres contes fantastiques (11)
Le Papa de Simon et autres nouvelles (4)
La Parure et autres scènes de la vie parisienne (124)
Toine et autres contes normands (312)

MÉRIMÉE
Carmen (145)
Mateo Falcone. Tamango (104)
La Vénus d'Ille et autres contes fantastiques (2)

LES MILLE ET UNE NUITS
Ali Baba et les quarante voleurs (2048)
Le Pêcheur et le Génie. Histoire de Ganem (2009)
Sindbad le marin (2008)

MOLIÈRE
L'Avare (2012)
Le Bourgeois gentilhomme (133)
L'École des femmes (2143)
Les Femmes savantes (2029)
Les Fourberies de Scapin (10)
George Dandin (60)
Le Malade imaginaire (2017)
Le Médecin malgré lui (2089)
Le Médecin volant. La Jalousie du Barbouillé (242)
Les Précieuses ridicules (2061)

MONTESQUIEU
Lettres persanes (95)

MUSSET
Il faut qu'une porte soit ouverte ou fermée. Un caprice (2149)
On ne badine pas avec l'amour (2100)

OVIDE
Les Métamorphoses (92)

PASCAL
Pensées (2224)

PERRAULT
Contes (2065)

PIRANDELLO
Donna Mimma et autres nouvelles (240)
Six Personnages en quête d'auteur (2181)

POE
Le Chat noir et autres contes fantastiques (2069)
Double Assassinat dans la rue Morgue. La Lettre volée (45)

POUCHKINE
La Dame de pique et autres nouvelles (19)

PRÉVOST
Manon Lescaut (309)

PROUST
Combray (117)

RABELAIS
Gargantua (2006)
Pantagruel (2052)

RÉCITS DE VOYAGE
Le Nouveau Monde (77)
Les Merveilles de l'Orient (2081)

RENARD
Poil de Carotte (2146)

ROBERT DE BORON
Merlin (80)

ROMAINS
L'Enfant de bonne volonté (2107)

LE ROMAN DE RENART (2014)

ROSNY AÎNÉ
La Mort de la terre (2063)

ROSTAND
Cyrano de Bergerac (112)

ROUSSEAU
Les Confessions (238)

SAND
Les Ailes de courage (62)
Le Géant Yéous (2042)

SAUMONT (ANNIE)
Aldo, mon ami et autres nouvelles (2141)
La guerre est déclarée et autres nouvelles (223)

SÉVIGNÉ (MME DE)
Lettres (2166)

SHAKESPEARE
Macbeth (215)
Roméo et Juliette (118)

SHELLEY (MARY)
Frankenstein (128)

STENDHAL
Vanina Vanini. Le Coffre et le Revenant (44)

STEVENSON
Le Cas étrange du Dr Jekyll et de M. Hyde (2084)
L'Île au trésor (91)

STOKER
Dracula (188)

SWIFT
Voyage à Lilliput (2179)

TCHÉKHOV
La Mouette (237)
Une demande en mariage et autres pièces en un acte (108)

TITE-LIVE
La Fondation de Rome (2093)

TOURGUÉNIEV
Premier Amour (2020)

TROYAT (HENRI)
Aliocha (2013)

Les anthologies dans la même collection

AU NOM DE LA LIBERTÉ
Poèmes de la Résistance (106)

L'AUTOBIOGRAPHIE (2131)

BAROQUE ET CLASSICISME (2172)

LA BIOGRAPHIE (2155)

BROUILLONS D'ÉCRIVAINS
Du manuscrit à l'œuvre (157)

« C'EST À CE PRIX QUE VOUS MANGEZ DU SUCRE... » Les discours sur l'esclavage d'Aristote à Césaire (187)

CEUX DE VERDUN
Les écrivains et la Grande Guerre (134)

LES CHEVALIERS DU MOYEN ÂGE (2138)

CONTES DE L'ÉGYPTE ANCIENNE (2119)

LE CRIME N'EST JAMAIS PARFAIT
Nouvelles policières 1 (163)

DE L'ÉDUCATION
Apprendre et transmettre de Rabelais à Pennac (137)

DES FEMMES (2217)

FÉES, OGRES ET LUTINS
Contes merveilleux 2 (2219)

LA FÊTE (259)

LES GRANDES HEURES DE ROME (2147)

L'HUMANISME ET LA RENAISSANCE (165)

IL ÉTAIT UNE FOIS
Contes merveilleux 1 (219)

LES LUMIÈRES (158)

LES MÉTAMORPHOSES D'ULYSSE
Réécritures de L'*Odyssée* (2167)

MONSTRES ET CHIMÈRES (2191)

MYTHES ET DIEUX DE L'OLYMPE (2127)

NOIRE SÉRIE...
Nouvelles policières 2 (222)

NOUVELLES DE FANTASY 1 (316)

NOUVELLES FANTASTIQUES 1
Comment Wang-Fô fut sauvé et autres récits (80)

NOUVELLES FANTASTIQUES 2
Je suis d'ailleurs et autres récits (235)

ON N'EST PAS SÉRIEUX QUAND ON A QUINZE ANS
Adolescence et littérature (156)

PAROLES DE LA SHOAH (2129)

LA PEINE DE MORT
De Voltaire à Badinter (2122)

POÈMES DE LA RENAISSANCE (72)

POÉSIE ET LYRISME (173)

LE PORTRAIT (2205)

RACONTER, SÉDUIRE, CONVAINCRE
Lettres des XVIIe et XVIIIe siècles (2079)

RÉALISME ET NATURALISME (2159)

RISQUE ET PROGRÈS (258)

ROBINSONNADES
De Defoe à Tournier (2130)

LE ROMANTISME (2162)

LE SURRÉALISME (152)

LA TÉLÉ NOUS REND FOUS ! (2221)

TROIS CONTES PHILOSOPHIQUES (311)
Diderot, Saint-Lambert, Voltaire

TROIS NOUVELLES NATURALISTES (2198)
Huysmans, Maupassant, Zola

VIVRE AU TEMPS DES ROMAINS (2184)

VOYAGES EN BOHÈME (39)
Baudelaire, Rimbaud, Verlaine

Création maquette intérieure :
Sarbacane Design.

Composition : IGS-CP.

GF Flammarion

07/10/133094-X-2007 – Impr. MAURY Imprimeur, 45330 Malesherbes.
N° d'édition L01EHRNFG2290N001. – Septembre 2007. – Printed in France.